El misterioso caso de Styles

Biografía

Agatha Christie es la escritora de misterio más conocida en todo el mundo. Sus obras han vendido más de mil millones de copias en la lengua inglesa y mil millones en otros cuarenta y cinco idiomas. Según datos de la ONU, sólo es superada por la Biblia y Shakespeare.
Su carrera como escritora recorrió más de cincuenta años, con setenta y nueve novelas y colecciones cortas. La primera novela de Christie, *El misterioso caso de Styles*, fue también la primera en la que presentó a su formidable y excéntrico detective belga, Poirot; seguramente, uno de los personajes de ficción más famosos. En 1971, alcanzó el honor más alto de su país cuando recibió la Orden de la Dama Comandante del Imperio Británico. Agatha Christie murió el 12 de enero de 1976.

Agatha Christie
El misterioso caso de Styles

Traducción: Stella de Cal

Obra editada en colaboración con Grupo Planeta – Argentina

Título original: *The Mysterious Affair at Styles*

Traducción: Stella de Cal

Ilustraciones de portada: © Ed

Bajo el sello editorial BOOKET M.R.
Avenida Presidente Masarik núm. 111,
Piso 2, Polanco V Sección, Miguel Hidalgo
C.P. 11560, Ciudad de México
www.planetadelibros.com.mx

Primera edición impresa en Argentina en Booket: abril de 2020
ISBN: 978-987-8317-63-2

Primera edición impresa en México en Booket: octubre de 2020
Quinta reimpresión en México en Booket: mayo de 2022
ISBN: 978-607-07-7137-8

Impreso en los talleres de Impregráfica Digital, S.A. de C.V.
Av. Coyoacán 100-D, Valle Norte, Benito Juárez
Ciudad De Mexico, C.P. 03103
Impreso en México –*Printed in Mexico*

1

La llegada a Styles

El revuelo que despertó el que en su momento fue conocido como «El misterioso caso de Styles» se ha calmado. Sin embargo, en vista de la resonancia mundial que tuvo, mi amigo Poirot y la propia familia me han pedido que escriba toda la historia. Confiamos en que así se acallen definitivamente los rumores sensacionalistas que aún perduran.

Por lo tanto, expondré con brevedad las circunstancias que me llevaron a verme implicado en este asunto.

Me habían enviado a Inglaterra tras caer herido en el frente y, después de pasar unos meses recuperándome en una deprimente clínica, me concedieron un mes de permiso. No tenía parientes cercanos ni amigos, ni siquiera había decidido lo que haría, cuando me encontré con John Cavendish. Lo había visto muy poco en los últimos años. En realidad, jamás lo conocí a fondo. Me llevaba unos quince años, aunque no representaba los cuarenta y cinco que tenía. Sin embargo, durante mi infancia a menudo me alojé en Styles, la residencia de su madre, en Essex.

Después de charlar largo y tendido sobre aquellos años, me invitó a pasar en Styles el tiempo que durara mi permiso.

—A mamá le encantará volver a verte después de tantos años —comentó.

—¿Tu madre está bien?

—Oh, sí. Supongo que sabes que se ha vuelto a casar, ¿no?

Creo que no pude disimular mi sorpresa. La señora Cavendish se había casado con el padre de John, un viudo con dos hijos; yo la recordaba como una hermosa mujer de mediana edad. Ahora debía de tener unos setenta años. Poseía una personalidad enérgica y autocrática, era amiga de los acontecimientos sociales y benéficos, y muy aficionada a organizar rifas e interpretar el papel de hada madrina. Era una mujer extraordinariamente generosa y poseía una cuantiosa fortuna personal.

El señor Cavendish compró su residencia campestre, Styles Court, durante los primeros años de su matrimonio. Cavendish se había pasado toda la vida dominado por su mujer, hasta el extremo de que, al morir, le dejó la finca en usufructo, así como la mayor parte de su renta, una decisión a todas luces injusta para con sus dos hijos. Su madrastra, sin embargo, fue muy generosa con ellos; eran tan jóvenes cuando su padre volvió a casarse que siempre la consideraron su madre.

Lawrence, el menor, había sido un muchacho delicado. Estudió medicina, pero pronto abandonó la profesión y vivía en la casa materna volcado en su vocación literaria, aunque sus poemas nunca tuvieron éxito.

John ejerció algún tiempo como abogado, pero más tarde se retiró para disfrutar de la apacible vida de un hacendado. Se había casado dos años antes y vivía con su mujer en Styles, aunque, por lo que parecía, él hubiera preferido que su madre le aumentara la renta y tener su propia casa. Pero a la señora Cavendish le gustaba seguir sus propios planes e imponerlos y, en este caso, tenía la sartén por el mango.

John se dio cuenta de mi sorpresa ante la noticia del nuevo matrimonio de su madre y sonrió con tristeza.

—¡Es un condenado patán! —afirmó furioso—. Te aseguro, Hastings, que está haciéndonos la vida imposible. En cuanto a Evie..., ¿te acuerdas de Evie?

—No.

—Supongo que ella llegó cuando tú ya no venías por casa. Es la compañera de mi madre, su sirvienta y camarada. Buena persona, aunque no es precisamente joven y guapa.

—Ibas a contarme que...

—¡Ah! Sí, el individuo ese. Alfred. Se presentó en casa por las buenas con el pretexto de ser primo segundo de Evie o algo por el estilo, aunque ella no parecía muy dispuesta a reconocer el parentesco. Salta a la vista que el tipo no es uno de los nuestros. Lleva una gran barba negra y botas de cuero sin importarle el tiempo que haga. Pero mamá enseguida le tomó cariño y lo contrató como secretario. Como recordarás, siempre ha dirigido un centenar de sociedades benéficas...

Asentí.

—Por supuesto, con la guerra, esas cien sociedades benéficas se han convertido en mil. Hay que reconocer que el sujeto en cuestión ha resultado muy útil. Pero imagínate cómo nos quedamos cuando, hace tres meses, mamá nos anunció de pronto que ella y Alfred se habían comprometido. Si nos pinchan, no nos sacan sangre. Él es por lo menos veinte años más joven. Es un cazafortunas descarado, por supuesto, pero ella podía decidir lo que le viniera en gana, así que se casaron.

—Debe de ser una situación muy difícil para ustedes.

—¿Difícil? Es terrible.

Tres días más tarde me encontraba bajando del tren en Styles Saint Mary, una diminuta estación cuya existencia no parecía muy justificada, perdida en medio del campo. Cavendish me esperaba en el andén y me llevó en su auto.

—Como ves, consigo un poco de gasolina gracias a las actividades de mi madre.

El pueblo estaba a unos cinco kilómetros de la estación

y Styles Court se erguía dos kilómetros más allá. Era un día calmado y cálido de principios de julio. Al contemplar la llanura de Essex, tan verde y apacible bajo el sol de la tarde, parecía imposible creer que se estuviera librando una guerra no muy lejos de allí. De pronto, sentí como si me hubiera perdido en otro mundo. Al cruzar la verja de entrada, John dijo:

—No sé si esto te parecerá demasiado tranquilo, Hastings.

—Amigo, es justo lo que busco.

—Es bastante agradable si te gusta la vida reposada. Yo hago instrucción con los voluntarios dos veces a la semana y echo una mano en las fincas. Mi mujer trabaja en la granja. Se levanta todos los días a las cinco para ordeñar las vacas y sigue trajinando hasta el mediodía. En realidad, es una buena vida. ¡Si no fuera por ese Alfred Inglethorp! —Se detuvo bruscamente y miró el reloj—. No sé si tendremos tiempo de recoger a Cynthia. No, ya habrá salido del hospital.

—¡Cynthia! ¿No es tu esposa?

—No, es una protegida de mi madre, hija de una compañera de colegio que se casó con un abogado poco escrupuloso. El matrimonio fue un fracaso y la muchacha se quedó huérfana y sin un céntimo. Mi madre acudió en su ayuda y lleva casi dos años con nosotros. Trabaja en el Hospital de la Cruz Roja de Tadminster, a dieciocho kilómetros de aquí.

Mientras decía esto, nos detuvimos ante la antigua y hermosa mansión. Una señora vestida con una gruesa falda de *tweed*, que estaba inclinada sobre un macizo de flores, se levantó al vernos.

—¡Hola, Evie, aquí está nuestro héroe herido! Señor Hastings, la señorita Howard.

La señorita Howard me estrechó la mano con un vigor que casi me hizo daño. En su cara, tostada por el sol, destacaban dos ojos de un azul profundo. Era una mujer de unos cuarenta años y de aspecto agradable, con voz grave, algo masculina en sus modos rudos y su cuerpo fornido. Calzaba unas botas recias. Me llamó la atención su modo de hablar, casi telegráfico.

—Los hierbajos se propagan como el fuego. Resulta imposible librarse de ellos. Tendré que reclutarlo. Vaya con cuidado.

—Le aseguro que me encantará ser útil en algo.

—No diga eso. Se arrepentirá.

—Eres una cínica, Evie —dijo John, de buen humor—. ¿Dónde tomamos el té, dentro o fuera?

—Fuera. Hace un día precioso para encerrarse en casa.

—Entonces ya has trabajado bastante en el jardín. La jornalera se ha ganado su jornal. Ven y descansa.

—Bueno —dijo la señorita Howard, quitándose los guantes de jardinero—. Estoy de acuerdo contigo.

Nos condujo al lugar donde estaba servido el té, bajo la sombra de un gran sicomoro.

Una figura femenina se levantó de una de las sillas de mimbre y avanzó unos pasos para recibirnos.

—Mi esposa, Hastings —dijo John.

Nunca olvidaré mi primer encuentro con Mary Cavendish. Se han quedado grabados para siempre en mi memoria su alta y esbelta silueta recortándose contra la potente luz, y el fuego dormido que se adivinaba en ella, aunque solo encontrase expresión en sus maravillosos ojos dorados. Su quietud insinuaba la existencia de un espíritu indomable encerrado en un cuerpo perfecto.

Me recibió con unas agradables palabras de bienvenida, pronunciadas con voz baja y clara, y me senté, feliz por haber aceptado la invitación de John. La señora Cavendish me sirvió el té y los pocos comentarios que hizo reforzaron mi primera impresión: era una mujer extraordinariamente atractiva. Animado por la viva atención que me demostraba mi anfitriona, describí en clave de humor algunos episodios de mi convalecencia, y puedo sentirme orgulloso por haberla divertido de verdad. Desde luego, John sería muy buen chico, pero su conversación distaba de considerarse brillante.

En aquel momento llegó hasta nosotros, a través de uno de los ventanales, una voz que recordaba muy bien:

—Quedamos, Alfred, en que escribirás a la princesa después del té. Yo escribiré a lady Tadminster por lo que se refiere al segundo día. ¿O esperaremos a saber qué dice la princesa? En caso de que rechace hacerlo, lady Tadminster podría inaugurarla el primer día y la señora Crosbie el segundo. En cuanto a la fiesta de la escuela, la duquesa...

Se oyó el murmullo de una voz masculina y después la respuesta de la señora Inglethorp:

—Sí, desde luego. Después del té estará muy bien. Piensas en todo, Alfred, cariño.

El ventanal se abrió un poco más y una hermosa señora, de cabellos blancos y facciones más bien dominantes, salió al jardín. La seguía un hombre en actitud galante.

La señora Inglethorp me saludó efusiva.

—Señor Hastings. ¡Qué alegría volver a verlo después de tantos años! Querido Alfred, te presento al señor Hastings. Señor Hastings, mi marido.

Miré con cierta curiosidad al «querido Alfred». A decir verdad, tenía un aspecto raro. No me extrañó que a John le disgustara su barba: era una de las barbas más largas y negras que jamás había visto. Llevaba anteojos con montura dorada y su rostro tenía una extraña impasibilidad. Su aspecto podría resultar natural en un escenario, pero en la vida real estaba del todo fuera de lugar. Su voz era profunda e hipócrita. Me estrechó la mano al tiempo que decía:

—Encantado, señor Hastings. —Luego miró a su esposa y añadió—: Querida Emily, ese almohadón está un poco húmedo.

Ella le sonrió con cariño mientras él le cambiaba el almohadón con grandes demostraciones de afecto. ¡Extraño apasionamiento en una mujer tan sensata!

Con la llegada del señor Inglethorp, una sensación de velada e incómoda hostilidad planeó sobre la reunión. La señorita Howard no se molestó en ocultar sus sentimientos. Sin embargo, la señora Inglethorp no parecía darse cuenta. Su locuacidad no había disminuido con el transcurso de los años y habló incansablemente, sobre todo de la rifa que estaba organizando y que se celebraría muy pronto. De vez en cuando se dirigía a su marido para preguntarle algo relacionado con horarios y fechas. Él no abandonaba su actitud vigilante y atenta. Desde el primer momento me disgustó sobremanera y presumo de juzgar de forma certera a las personas a primera vista.

Poco después, la señora Inglethorp se dirigió a Evelyn para darle instrucciones sobre unas cartas, y su marido se dirigió a mí con su bien timbrada voz:

—¿Es usted militar de carrera, señor Hastings?

—No, antes de la guerra estaba en la compañía de seguros Lloyd's.

—¿Volverá usted allí cuando termine la guerra?

—Puede que sí, aunque quizá empiece algo nuevo.

—Si pudiera seguir su vocación, ¿qué profesión escogería usted? —me preguntó Mary.

—Depende.

—¿No tiene una afición secreta? ¿No se siente atraído por nada? Casi todos lo estamos; generalmente por algo absurdo.

—Se reiría usted de mí si se lo dijera.

—Quizá.

—Siempre he tenido la secreta ambición de ser detective.

—¿Un auténtico detective de Scotland Yard o un Sherlock Holmes?

—Un Sherlock Holmes, por supuesto. Pero, hablando

en serio, es algo que me atrae muchísimo. En Bélgica conocí a un detective muy famoso que me entusiasmó. Es maravilloso. Siempre dice que el trabajo de un buen detective solo es cuestión de método. Mi sistema se basa en el suyo, aunque, por supuesto, lo he mejorado. Es un hombre muy divertido, todo un dandy, de una habilidad extraordinaria.

—Me gustan las buenas historias policíacas —comentó la señorita Howard—. Sin embargo, a veces son una sarta de tonterías. El criminal es descubierto en el último capítulo, después de engañar a todos. En los crímenes reales se lo descubriría enseguida.

—Muchos crímenes han quedado sin aclarar —repliqué.

—No me refiero a la policía, sino a la gente que está alrededor. La familia. Ellos no se engañan. Lo saben todo.

—Entonces ¿usted cree —dije divertido— que, si se viera mezclada en un crimen, descubriría enseguida al asesino?

—Por supuesto, no podría probarlo ante un jurado, pero creo que lo sabría. Si se me acercara el asesino, lo notaría.

—Podría ser *la* asesina.

—Podría. Pero el asesinato es algo violento por naturaleza. Se asocia más a los hombres.

—Salvo en caso de envenenamiento. —La intervención de la señora Cavendish me sobresaltó—. El doctor Bauerstein decía ayer que es muy probable que se hayan dado innumerables envenenamientos por completo insospechados, debido a la ignorancia de la clase médica cuando se trata de venenos poco comunes.

—¡Por Dios, Mary, qué conversación tan horrible! —exclamó la señora Inglethorp—. Me están poniendo la piel de gallina. ¡Aquí viene Cynthia!

Una muchacha con uniforme del cuerpo de voluntarias cruzó rápidamente el césped.

—Cynthia, llegas tarde. Este es el señor Hastings. La señorita Murdoch.

Cynthia Murdoch era una joven llena de vida y energía.

Se quitó su gorrito y admiré las grandes ondas de su cabellera castaña, que llevaba suelta, y la blancura de la pequeña mano que adelantó para tomar una taza de té. Con los ojos y las pestañas negros, hubiera sido una belleza.

Se sentó en el suelo junto a John y me sonrió cuando le acerqué un plato de sándwiches.

—Siéntese aquí, en la hierba —me dijo—. Se está mucho mejor.

Obedecí enseguida.

—Trabaja usted en Tadminster, ¿verdad? —le pregunté.

—Sí, es el castigo por mis pecados.

—¿La maltratan? —pregunté sonriendo.

—¡Solo faltaría! —exclamó Cynthia con dignidad.

—Tengo una prima en un hospital que les tiene pánico a las hermanas.

—No me extraña, ya sabe cómo son. Pero yo no soy enfermera, gracias a Dios. Trabajo en el dispensario.

—¿A cuántas personas ha envenenado usted?

—¡A centenares!

—Cynthia —dijo la señora Inglethorp—, ¿puedes escribirme unas cartas?

—Desde luego, tía Emily.

Se levantó de un salto y algo en su actitud me recordó que su posición en la casa era la de una subordinada y que la señora Inglethorp, aun siendo tan bondadosa, no le permitía olvidarlo ni un instante.

Mi anfitriona me miró.

—John le enseñará su habitación. La cena es a las siete y media. Por el momento hemos suprimido la costumbre de la cena de última hora. Lady Tadminster, la esposa de nuestro diputado, hija del difunto lord Abbotsbury, hace lo mismo. Está de acuerdo conmigo en que tenemos que dar ejemplo de austeridad. Aquí llevamos una economía de guerra. No se desperdicia nada. Hasta los trozos de papel se recogen y se envían en sacos.

Expresé mi aprobación y John me condujo a la casa. Subimos la escalera, que se bifurcaba en el primer rellano para permitir el acceso a las dos alas del edificio. Mi habitación estaba en el ala izquierda y tenía vistas al parque.

John me dejó y, unos minutos más tarde, desde mi ventana, lo vi paseando con tranquilidad por el jardín del brazo de Cynthia. Oí la voz de la señora Inglethorp llamando a Cynthia con impaciencia y la muchacha corrió en dirección a la casa. Al mismo tiempo, un hombre surgió de la sombra de un árbol y tomó despacio la misma dirección. Aparentaba unos cuarenta años, era muy moreno y su rostro afeitado tenía una expresión melancólica. Parecía dominado por los nervios. Al pasar, miró por casualidad hacia mi ventana y lo reconocí, aunque había cambiado mucho en los últimos quince años. Era Lawrence, el hermano menor de John. Me pregunté cuál podría ser el motivo de su extraña expresión.

Después me olvidé de él y volví a ocuparme de mis asuntos.

La velada transcurrió agradablemente y, por la noche, soñé con la enigmática Mary Cavendish.

La mañana amaneció clara y soleada, y presentí que mi estancia en Styles iba a ser muy satisfactoria.

No vi a la señora Cavendish hasta la hora de la comida. Entonces me invitó a dar un paseo con ella y pasamos una deliciosa tarde deambulando por el bosque. Regresamos a la casa alrededor de las cinco.

Al entrar en el gran vestíbulo, John nos hizo señas para que lo siguiéramos al salón de fumar. Por su expresión, enseguida comprendí que había ocurrido algo desagradable. Entramos en el salón y cerró la puerta.

—Escucha, Mary, hay un alboroto terrible. Evie ha discutido por culpa de Alfred Inglethorp y se marcha.

—¿Que Evie se marcha?

John asintió sombrío.

—Sí, ha ido a ver a mamá y..., ¡ahí viene!

La señorita Howard entró en la habitación. Apretaba los labios con una expresión testaruda y llevaba una valija pequeña. Parecía nerviosa, decidida, aunque un tanto a la defensiva.

—¡Al menos —estalló— le cantaré las cuarenta!

—Mi querida Evie —exclamó la señora Cavendish—, no puede ser cierto que te marchas.

—Pues es la verdad. Siento haberle dicho a Emily algunas cosas que no perdonará ni olvidará con facilidad. Y si no es así, no me importa. Con toda probabilidad no conseguiré nada. Le he dicho: «Eres vieja, Emily, y no hay peor tonta que una vieja tonta. Es veinte años más joven que tú y te engañas si crees que se ha casado contigo por otra cosa que no sea el dinero. No le des demasiado. El granjero Raikes tiene una esposa joven y muy guapa. Pregúntale a tu querido Alfred cuánto tiempo pasa en su casa». Emily se ha enojado mucho. ¡Naturalmente! Y yo he seguido: «Te advierto, tanto si te gusta como si no, que ese hombre no vacilará en matarte en menos que canta un gallo. Es un mal bicho. Puedes decir lo que quieras, pero recuerda que te he avisado. ¡Es un mal bicho!».

—¿Qué ha dicho ella?

La señorita Howard hizo una mueca muy expresiva.

—«Mi queridísimo Alfred, mi pobrecito Alfred, calumnias viles, mentiras ruines. Qué horrible mujer, acusar así a mi querido esposo». Cuanto antes deje esta casa, mejor. Así que me marcho.

—¿Ahora mismo?

—En este preciso instante.

Durante unos segundos nos quedamos contemplándola.

John, al ver que no conseguiría hacer que cambiase de

opinión, fue a consultar el horario de trenes. Su mujer lo siguió, murmurando que sería mejor convencer a la señora Inglethorp de que recapacitara.

Al quedarnos solos, la expresión de la señorita Howard se transformó. Se inclinó hacia mí ansiosa.

—Señor Hastings, usted es una buena persona. ¿Puedo confiar en usted?

Me sobresalté. Apoyó la mano en mi brazo y su voz se convirtió en un susurro:

—Cuide de ella, señor Hastings. ¡Mi pobre Emily! Son todos unos tiburones. Sé muy bien lo que digo. Están todos quebrados y la acosan pidiéndole dinero. La he protegido todo lo que he podido. Ahora que les dejo el campo libre, acabarán por imponerse.

—Haré todo lo que esté en mi mano, pero tranquilícese, está usted muy nerviosa.

Me interrumpió, amenazándome con el índice.

—Joven, créame, he vivido más que usted. Solo le pido que mantenga los ojos bien abiertos. Ya verá si tengo o no razón.

El ruido de un auto nos llegó a través de la ventana abierta y la señorita Howard se levantó para ir hacia la puerta. La voz de John se oyó desde el exterior. La mujer se detuvo con la mano apoyada en el pomo de la puerta. Me miró por encima del hombro y me hizo una seña.

—Sobre todo, señor Hastings, ¡vigile bien a ese demonio de marido!

No hubo tiempo para decir nada más. La señorita Howard desapareció entre un coro de protestas y adioses. Los Inglethorp no bajaron a despedirse.

Mientras el auto se alejaba, la señora Cavendish se separó de pronto del grupo y recorrió el camino de entrada para ir al encuentro de un hombre alto con barba que venía hacia la casa. Las mejillas del joven enrojecieron al estrecharle la mano.

—¿Quién es? —pregunté con brusquedad, ya que, instintivamente, me pareció un tipo sospechoso.

—Es el doctor Bauerstein —contestó John con dureza.

—¿Quién es el doctor Bauerstein?

—Está en el pueblo haciendo una cura de reposo. Por lo visto, ha sufrido una crisis nerviosa. Es un especialista de Londres, un hombre muy inteligente y uno de los mejores toxicólogos.

—Es muy amigo de Mary —apuntó Cynthia, sin poder reprimirse.

John frunció el ceño y cambió de tema.

—Vamos a dar un paseo, Hastings. Todo este asunto ha sido muy desagradable. Nunca ha tenido pelos en la lengua, eso es cierto, pero no hay en toda Inglaterra una amiga más fiel que Evelyn Howard.

Tomamos el camino que cruzaba la finca y nos dirigimos hacia el pueblo.

De vuelta, al cruzar una de las cercas, una bonita joven de aspecto agitanado que venía en dirección opuesta nos saludó con una inclinación de cabeza y sonrió.

—Una muchacha muy guapa —comenté admirado.

En el rostro de John apareció una expresión sombría.

—Es la señora Raikes.

—¿La que ha dicho la señorita Howard que...?

—La misma —admitió John, con una descortesía innecesaria.

Comparé a la canosa anciana de la casa con la pizpireta joven que acababa de sonreírnos y me invadió el presentimiento de que algo malo se avecinaba. Dejé a un lado esos pensamientos.

—¡Styles es una mansión maravillosa!

—Sí, es una hermosa propiedad —reconoció John con tristeza—. Algún día será mía. Ya tendría que serlo, por legítimo derecho, si mi padre hubiera hecho un testamento justo, pero yo seguiría tan endiabladamente mal de dinero como ahora.

—¿Estás muy mal de dinero?

—Querido Hastings, no me importa decirte que no sé qué hacer para conseguirlo.

—¿No puede ayudarte tu hermano?

—¿Lawrence? Se ha gastado hasta el último penique publicando sus horrorosos poemas en ediciones de lujo. No, somos una pandilla de pobretones. Tengo que reconocer que hasta ahora mi madre ha sido muy buena con nosotros. Desde su matrimonio, quiero decir que... —Se calló de repente y frunció el ceño.

Sentí por primera vez que, con la marcha de Evelyn Howard, el ambiente había perdido algo indefinido. Su presencia infundía seguridad. Ahora esta seguridad había desaparecido, la desconfianza flotaba en el aire. Recordé el siniestro rostro del doctor Bauerstein. Me sentí lleno de recelo contra todo y contra todos. Por un instante, intuí que se avecinaba algo muy malo.

2

16 y 17 de julio

Había llegado a Styles el 5 de julio. Ahora narraré los hechos ocurridos los días 16 y 17 de aquel mes. Para que el lector lo entienda mejor, recapitularé los episodios de aquellos días con la mayor exactitud posible. Estos hechos fueron explicados posteriormente en el juicio, que incluyó largos y tediosos interrogatorios.

Recibí una carta de Evelyn Howard un par de días después de su marcha, en la que me decía que estaba trabajando como enfermera en el gran hospital de Middlingham, una ciudad industrial situada a unos cuarenta kilómetros de Styles, y me rogaba que le hiciera saber si la señora Inglethorp daba muestras de querer reconciliarse con ella.

La única sombra que enturbiaba la tranquilidad de mi estancia en Styles era la extraordinaria —y por mi parte incomprensible— predilección que mostraba la señora Cavendish por la compañía del doctor Bauerstein. No podía imaginar qué veía en él, pero siempre estaba invitándolo a casa y, con frecuencia, hacían largas excursiones juntos. Confieso que era incapaz de verle atractivo alguno.

El 16 de julio era lunes. Fue un día muy movido. La famosa rifa se había inaugurado el sábado anterior y aquella noche se representaría una función relacionada con la fiesta benéfica, en la que la señora Inglethorp recitaría un poema patriótico. Estuvimos toda la mañana muy ocupados arreglando y decorando el local del pueblo donde iba a celebrarse la función. Después de comer, pasamos la tarde descansando en el jardín. Observé que la actitud de John no era del todo normal. Parecía estar muy nervioso.

Después del té, la señora Inglethorp se retiró a su habitación y yo desafié a Mary Cavendish a un partido de tenis.

Sobre las siete menos cuarto, la señora Inglethorp nos hizo saber que se adelantaría la hora de la cena y que se estaba haciendo tarde. Tuvimos que darnos mucha prisa para arreglarnos a tiempo. Aún no habíamos acabado de cenar cuando el auto ya esperaba en la puerta.

La función fue un gran éxito y la actuación de la señora Inglethorp fue premiada con una ovación. Hubo también otros números en los que intervino Cynthia. La muchacha no volvió con nosotros porque la habían invitado a una fiesta y se quedaría a pasar la noche en casa de unos amigos que habían actuado con ella en la representación.

A la mañana siguiente, la señora Inglethorp desayunó en la cama, pues estaba muy cansada, pero a las doce y media se presentó con su energía habitual y nos arrastró a Lawrence y a mí a una comida en casa de unos amigos.

—Una invitación amabilísima de la señora Rolleston. Es hermana de lady Tadminster. Los Rolleston vinieron a Inglaterra con Guillermo el Conquistador. Es una de nuestras familias más antiguas.

Mary se excusó diciendo que había quedado con Bauerstein.

La comida resultó muy agradable y, de vuelta, Lawrence sugirió que pasáramos por Tadminster, dando un pequeño rodeo, para visitar a Cynthia en el hospital. A la señora Inglethorp le pareció una idea excelente, pero como tenía que escribir varias cartas dijo que nos dejaría allí y que volviéramos cuanto antes con Cynthia en el cabriolé.

El portero del hospital no nos permitió entrar hasta que apareció Cynthia y respondió por nosotros. Estaba muy guapa con su larga bata blanca. Nos acompañó a su despacho y nos presentó a su compañero, un personaje de aspecto impresionante a quien ella llamaba alegremente Nibs.

—¡Qué cantidad de frascos! —exclamé, dejando vagar la mirada por la pequeña habitación—. ¿Sabe en realidad lo que hay en cada uno?

—Diga algo original —rezongó Cynthia—. Todo el que viene aquí dice lo mismo. Estamos pensando en darle un premio al primero que no diga: «¡Qué cantidad de frascos!». Incluso sé qué va a decir ahora: «¿A cuántas personas ha envenenado?».

Me confesé culpable.

—Si supieran ustedes lo fácil que es envenenar a una persona por error no bromearían así. Bueno, vamos a tomar el té. Tenemos de todo en el armario. No, Lawrence. Ese es el armario de los venenos. En el armario grande.

Tomamos el té y ayudamos a Cynthia a lavar los platos. Cuando estábamos a punto de recoger la última cucharita se oyó un golpe en la puerta. De repente, los rostros de Cynthia y Nibs se ensombrecieron.

—Pase —dijo Cynthia, con un tono seco y profesional.

Una enfermera joven, que parecía asustada, entró con un frasco que entregó a Nibs. Este, a su vez, se lo dio a Cynthia, al tiempo que decía en tono misterioso:

—Hoy no estoy aquí.

Cynthia tomó el frasco y lo examinó con el rigor de un juez.

—Tendrían que haberlo traído esta mañana.

—La hermana lo siente mucho. Se ha olvidado.

—La hermana debería haber leído las instrucciones que hay en la puerta.

Por la expresión de la enfermera comprendí que no había ni la más remota probabilidad de que se atreviera a transmitir el mensaje a la temible hermana.

—De modo que ya no se puede hacer nada hasta mañana —concluyó Cynthia.

—¿No podrían hacerlo esta noche?

—Estamos muy ocupados, pero si hay tiempo se hará —dijo Cynthia condescendiente.

La enfermera se retiró y Cynthia tomó un frasco del estante, lo rellenó y lo dejó en la mesa que había en el exterior.

Me puse a reír.

—Cuestión de disciplina, ¿eh?

—Eso es. Venga al balcón. Desde allí se ven todos los pabellones.

Seguí a Cynthia y a su amigo, y ambos me enseñaron las diferentes salas. Lawrence se quedó atrás, pero al cabo de unos segundos Cynthia se volvió y le dijo que se reuniera con nosotros. Entonces miró su reloj.

—¿Nos queda algo por hacer, Nibs?

—No.

—Muy bien. Pues cerremos y vayámonos.

Aquella tarde vi a Lawrence desde otra perspectiva. Al contrario que John, era muy difícil llegar a conocerlo. Era opuesto a su hermano en casi todo. Sin embargo, había cierto encanto en su modo de ser y me pareció que, conociéndolo bien, podría tomársele afecto. Por regla general, su actitud respecto a Cynthia era algo cohibida, y ella, por su parte, se volvía tímida en su presencia. Pero aquella tarde estaban los dos muy alegres y charlaban como un par de chiquillos.

Cuando cruzábamos el pueblo recordé que necesitaba estampillas, por lo que nos detuvimos en la oficina de correos.

Al salir del local, tropecé con un hombre que entraba. Me hice a un lado excusándome cuando, de pronto, con una exclamación, me estrechó entre sus brazos y me besó en las mejillas con afecto.

—¡*Mon ami* Hastings! —exclamó—. ¡Pero si es *mon ami* Hastings!

—¡Poirot!

Me volví hacia el cabriolé.

—Cynthia, qué agradable encuentro. Es mi viejo amigo Hércules Poirot. Hace años que no nos vemos. Supongo que entenderá mi alegría.

—Oh, ya conocemos a monsieur Poirot —me informó Cynthia risueña—, pero no sabía que fuera amigo suyo.

—Es cierto —dijo Poirot muy serio—. Conozco a la señorita Cynthia. Si estoy aquí es gracias a la bondad de la señora Inglethorp. Sí, amigo mío, ha ofrecido hospitalidad a siete refugiados de mi país. Nosotros, los belgas, le estaremos eternamente agradecidos.

Poirot era un hombrecito con un aspecto fuera de lo común. Mediría un escaso metro sesenta de estatura, pero su porte era muy digno. Su cabeza tenía la forma exacta de un huevo y acostumbraba a inclinarla un poco hacia un lado. Llevaba un bigote engominado de aspecto militar. La pulcritud de su atuendo era increíble; dudo que una herida de bala pudiera dolerle tanto como una mota de polvo. Sin embargo, este curioso personaje, que por desgracia padecía ahora una acentuada renguera, había sido en sus tiempos uno de los miembros más destacados de la policía belga. Como detective, su olfato era extraordinario, y había obtenido grandes triunfos resolviendo algunos de los casos más desconcertantes de la época.

Me indicó la casa donde vivían él y sus compatriotas, y prometí pasar a visitarlo. Saludó ceremoniosamente a Cynthia y nos marchamos.

—Es un hombre encantador —afirmó ella—. No sabía que lo conociera.

—Han dado ustedes cobijo a una celebridad —repliqué. Y durante todo el camino me dediqué a recitarles las hazañas y los éxitos de Poirot.

Llegamos a casa de muy buen humor. Al atravesar el vestíbulo, vimos a la señora Inglethorp saliendo de su gabinete. Parecía nerviosa e inquieta.

—¡Ah, son ustedes!

—¿Pasa algo, tía Emily? —preguntó Cynthia.

—Claro que no —contestó la mujer con brusquedad—. ¿Qué va a pasar? —Entonces, al ver a Dorcas, la doncella, entrando en el comedor, le pidió que le llevara unas estampillas postales al gabinete.

—Sí, señora. —La vieja criada titubeó y dijo al fin, con timidez—: Señora, ¿no cree que haría bien en irse a la cama? Parece usted muy cansada.

—Quizá tenga usted razón, Dorcas, pero ahora no. Debo terminar algunas cartas para que puedan salir con el correo. ¿Ha encendido la chimenea de mi dormitorio?

—Sí, señora.

—Entonces me iré a la cama después de cenar.

Entró de nuevo en su gabinete y Cynthia se quedó inmóvil con los ojos muy abiertos.

—¡Por Dios bendito! ¿Qué pasará? —le dijo a Lawrence.

Al parecer, él no la oyó, pues, sin decir una palabra, se volvió y abandonó la casa.

Le propuse a Cynthia un partido de tenis antes de cenar. Ella aceptó y yo corrí escaleras arriba en busca de mi raqueta.

La señora Cavendish bajaba en aquel momento. Tal vez fuera mi imaginación, pero parecía nerviosa.

—¿Qué tal el paseo con el doctor Bauerstein? —pregunté, con tanta indiferencia como me fue posible.

—No he ido —contestó abruptamente—. ¿Dónde está la señora Inglethorp?

—En el gabinete.

Su mano se sujetaba con fuerza a la barandilla. Después dio la sensación de que se armaba de valor para algún encuentro y, a paso ligero, bajó la escalera y cruzó el vestíbulo para dirigirse al gabinete.

Unos minutos después, camino de la pista de tenis, pasé por delante de la ventana abierta del gabinete y oí sin querer la siguiente conversación:

—Entonces ¿no quiere usted enseñármelo? —decía Mary, con la voz de una mujer que se esfuerza por controlarse.

—Querida Mary, no tiene nada que ver con ese asunto —replicó la señora Inglethorp.

—Pues enséñemelo.

—Ya te he dicho que no es lo que te imaginas. No te incumbe.

A lo cual Mary replicó con una angustia creciente:

—¡Es evidente! ¡Debería haber supuesto que usted lo protegería!

Cynthia me esperaba. En cuanto me vio dijo:

—¡Oiga, Hastings! ¡Ha habido una pelea tremenda! Se lo he sonsacado a Dorcas.

—¿Qué clase de pelea?

—Entre tía Emily y él. Espero que al fin se dé cuenta de quién es.

—¿Dorcas estaba presente?

—Claro que no. Estaba «cerca de la puerta, por casualidad». Ha sido algo serio. Me gustaría saber el motivo.

Recordé la cara agitanada de la señora Raikes y las advertencias de la señorita Howard, pero decidí guardar un silencio prudente mientras Cynthia agotaba todas las posibles hipótesis. Cuando acabó comentó esperanzada:

—Tía Emily lo echará de casa y no volverá a dirigirle la palabra.

Me moría de ganas de hablar con John, pero no lo encontré. Estaba claro que había ocurrido algo muy grave. Intenté olvidar las frases que había oído, aunque, a pesar de mis esfuerzos, no lo conseguí. ¿Qué relación tendría Mary con aquel asunto?

Cuando bajé a cenar, el señor Inglethorp estaba en el salón. Su rostro era tan impasible como de costumbre y volvió a sorprenderme la extraña irrealidad de su persona.

La señora Inglethorp fue la última en bajar. Todavía parecía fatigada y, durante la cena, reinó un silencio un tanto forzado. Inglethorp apenas abrió la boca. Por lo general, envolvía a su mujer con pequeñas atenciones, colocándole un almohadón en la espalda e interpretando el papel de marido complaciente. Después de cenar, la señora Inglethorp se retiró de nuevo a su gabinete.

—Llévame allí el café, Mary. Solo tengo cinco minutos si quiero que las cartas salgan a tiempo.

Cynthia y yo nos sentamos junto a la ventana abierta del salón. Mary nos trajo el café. Parecía nerviosa.

—¿Quieren estos dos jóvenes que encienda las luces o prefieren la semioscuridad del crepúsculo? —preguntó—. Cynthia, por favor, llévale el café a la señora Inglethorp. Voy a servirlo.

—Déjelo, Mary. Yo lo haré —dijo Inglethorp. Él mismo lo sirvió y salió de la habitación llevándolo con cuidado.

Lawrence lo siguió y la señora Cavendish se sentó junto a nosotros.

Los tres permanecimos en silencio durante algún tiempo. Era una noche maravillosa, cálida y tranquila. La señora Cavendish se abanicaba, con suavidad, con un paipay.

—Hace demasiado calor. Pronto tendremos tormenta.

¡Lástima que esos momentos llenos de armonía no puedan durar! El sonido de una conocida voz que yo detestaba profundamente hizo añicos mi paraíso.

—¡El doctor Bauerstein! —exclamó Cynthia—. ¡Qué horas de venir!

Dirigí a Mary una mirada celosa, pero permaneció impasible, sin que se alterara la deliciosa palidez de sus mejillas.

Al cabo de un par de minutos, Inglethorp y Bauerstein se reunieron con nosotros. El médico se disculpó entre risas por entrar en el salón con aquel aspecto. La verdad es que iba cubierto de barro de pies a cabeza y ofrecía una imagen desastrosa.

—¿Qué ha estado usted haciendo, doctor? —preguntó la señora Cavendish.

—Tengo que disculparme —dijo el médico—. No quería entrar, pero el señor Inglethorp ha insistido con tanto empeño...

—La verdad, Bauerstein, es que da pena —señaló John, que venía del vestíbulo—. Tome una taza de café y cuéntenos qué le ha ocurrido.

—Gracias.

Se rio con cierto desconsuelo y nos explicó que había descubierto una especie muy rara de helecho en un lugar inaccesible y que en sus esfuerzos por alcanzarlo había perdido el equilibrio y, para su vergüenza, se había caído en una charca.

—Me he secado al sol, pero mi aspecto es lamentable.

En este momento, la señora Inglethorp llamó a Cynthia desde el vestíbulo y la muchacha salió corriendo.

—¿Quieres subirme la caja de los papeles? Me voy a la cama.

La puerta que daba al vestíbulo estaba abierta de par en par. Me había levantado al mismo tiempo que Cynthia. John estaba a mi lado. Por tanto, había tres testigos que podrían jurar que la señora Inglethorp llevaba en la mano su taza de café, que aún no había probado. La presencia del médico me había estropeado la velada. Creí que no iba a marcharse nunca. Sin embargo, finalmente se levantó y suspiré aliviado.

—Iré al pueblo con usted —dijo Inglethorp—. Tengo que ver al administrador para aclarar unas cuentas de las fincas. —Se dirigió a John—. No es necesario que nadie me espere levantado. Me llevaré la llave.

3

La noche de la tragedia

Para que quede clara esta parte de mi relato, incluyo un plano del primer piso de Styles.

A las habitaciones del servicio se llega a través de la puerta B. No está comunicada con el ala derecha, donde estaban las habitaciones de los Inglethorp.

Debía de ser ya plena madrugada cuando Lawrence me despertó. Sostenía una vela en la mano y, por la agitación de su rostro, se veía con claridad que ocurría algo grave.

—¿Qué pasa? —pregunté, sentándome en la cama y tratando de ordenar mis confusos pensamientos.

—Parece que mi madre está muy enferma. Creo que tiene un ataque. Por desgracia, se ha encerrado en su habitación.

—Voy enseguida.

Salté de la cama, me puse la bata y seguí a Lawrence a lo largo del pasillo y de la galería hasta el ala derecha de la casa.

John se unió a nosotros, igual que los dos criados que rondaban por allí nerviosísimos. Lawrence se volvió hacia su hermano.

—¿Qué crees que debemos hacer?

La poca firmeza de su carácter nunca había sido tan evidente.

John intentó abrir la puerta con violencia, sin éxito. La puerta, evidentemente, estaba cerrada con llave o tenía el cerrojo echado por dentro. Todos los ocupantes de la casa estaban despiertos. Desde el interior del dormitorio llegaban ruidos alarmantes. Había que hacer algo con urgencia.

—¡Intente entrar por el dormitorio del señor Inglethorp, señor! —gritó Dorcas—. ¡Oh, pobre señora!

De pronto caí en la cuenta de que Alfred no estaba con nosotros. Era el único que no había venido. John abrió la puerta de su dormitorio. Estaba oscuro como boca de lobo, pero Lawrence lo seguía con la vela y, a su luz vacilante, vimos que la cama estaba sin deshacer y no había señales de que el dormitorio hubiera sido ocupado aquella noche.

Fuimos directo a la puerta que comunicaba ambas habitaciones. También estaba cerrada o tenía echado el cerrojo. ¿Qué podíamos hacer?

—¡Ay, señor! ¡¿Y ahora qué hacemos?! —gritaba Dorcas, retorciéndose las manos.

—Creo que debemos intentar forzar la puerta. No va a ser fácil. Que una de las chicas baje y despierte a Baily, y lo

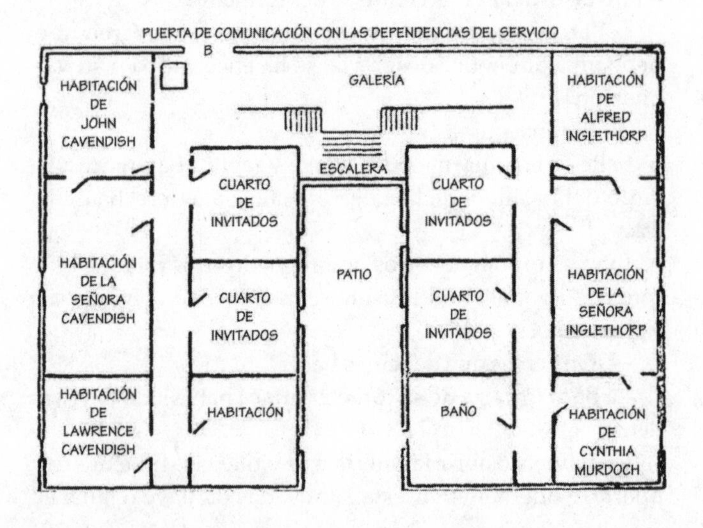

envíe a buscar al doctor Wilkins de inmediato. Bueno, manos a la obra. Un momento: ¿no hay una puerta en el dormitorio de la señorita Cynthia?

—Sí, señor, pero también está cerrada. No se ha abierto nunca.

—De todos modos, podemos probarlo.

Dorcas corrió hasta el dormitorio de Cynthia. Allí estaba Mary zarandeando a la muchacha, que debía de tener un sueño muy pesado.

John estuvo de vuelta a los pocos segundos.

—No hay nada que hacer, también está cerrada. Tenemos que forzar la puerta. Creo que no es tan sólida como la del pasillo.

Unimos nuestras fuerzas y empujamos con energía. La puerta resistió nuestros embates durante un rato, pero al final se abrió violentamente con un tremendo estrépito.

Entramos todos juntos. Lawrence seguía sosteniendo la vela. La señora Inglethorp estaba en la cama, agitada por violentas convulsiones, durante una de las cuales, al parecer, había volcado la mesa de luz que estaba a su lado. Sin embargo, cuando entramos, sus miembros se relajaron y se dejó caer sobre los almohadones.

John cruzó la habitación y encendió la luz de gas. Le dijo a Annie, una de las doncellas, que trajera una copa de coñac. Entonces se acercó a su madre, mientras yo descorría el cerrojo de la puerta del pasillo.

Me volví hacia Lawrence para decirle que me marchaba, ya que no se me necesitaba, pero las palabras se helaron en mis labios. Nunca había visto a un hombre con semejante expresión de terror. Estaba blanco como la nieve: la vela que sostenía temblaba, la cera caía sobre la alfombra, y sus ojos, petrificados por el pánico o algún sentimiento parecido, miraban fijamente algún punto de la pared. Seguí por instinto la dirección de su mirada, aunque no vi nada fuera de lo común. Solo las brasas que soltaban débiles chisporroteos en la chimenea y la hilera de figuritas en la repisa, pero ni unas ni otras justificaban aquel terror.

Parecía que la violencia del ataque de la señora Inglethorp iba cediendo. Ya podía hablar, aunque con jadeos entrecortados.

—Estoy mejor. Me ha venido tan de repente... Qué estúpida he sido al encerrarme.

Una sombra se proyectó sobre la cama. Volví la cabeza y vi a Mary, cerca de la puerta, sosteniendo con un brazo a Cynthia, que daba la impresión de estar aturdida por completo y fuera de sí. Tenía el rostro congestionado y bostezaba repetidamente.

—La pobre Cynthia está muy asustada —dijo Mary en voz baja y clara.

Mary llevaba puesta su bata blanca de trabajo. Debía de ser más tarde de lo que creía. Un pálido rayo de luz atravesaba las cortinas de las ventanas y el reloj de la chimenea señaló casi las cinco.

Un grito ahogado me sobresaltó. El dolor atenazaba de nuevo a la infortunada señora. Las convulsiones eran de tal violencia que presenciarlas era una verdadera prueba de valor. Reinaba la mayor confusión. Nos amontonábamos a su alrededor, incapaces de ayudarla o aliviarla. Una última convulsión la levantó de la cama y luego se quedó con el cuerpo arqueado sostenido sobre la cabeza y los talones. Mary y John intentaban, sin lograrlo, que bebiese coñac. Los minutos volaban. Su cuerpo se arqueó de nuevo.

Bauerstein entró en el dormitorio con aire autoritario. Durante unos segundos permaneció inmóvil, contemplando a la señora Inglethorp. Entonces esta, con los ojos fijos en el médico, gritó medio asfixiada:

—¡Alfred! ¡Alfred! —Después cayó inmóvil sobre las almohadas.

El médico se acercó de una zancada al lecho y, tras tomar los brazos de la señora Inglethorp, los sacudió con energía. Al ver el ritmo que seguían sus movimientos, comprendí que le estaba haciendo la respiración artificial. Dio unas cuantas órdenes rápidas a los criados. Un imperioso gesto de su mano nos llevó a todos hasta la puerta. Lo contemplábamos fascinados, aunque creo que en el fondo de nuestros corazones sabíamos que ya era demasiado tarde para hacer nada. Por la expresión de su rostro, comprendí que él tampoco tenía esperanzas.

Por fin abandonó su tarea y negó con la cabeza con gravedad. En aquel instante oímos unos pasos que se acercaban y entró a la carrera el médico de la señora Inglethorp, el doctor Wilkins, un hombre rollizo y remilgado.

Bauerstein le explicó en pocas palabras que pasaba casualmente por delante de la casa cuando el auto salía en busca del doctor Wilkins, y que había acudido lo antes posible. Señaló con un tímido gesto de la mano a la figura que yacía en la cama.

—Muy triste, muy triste —murmuró Wilkins—. ¡Pobre señora! Siempre quería hacer demasiadas cosas, demasiadas, a pesar de mis consejos. Ya se lo advertí. Su corazón estaba muy débil. «Calma, calma», le dije. Pero no; su amor por las buenas obras era tan grande... La naturaleza se rebeló, la naturaleza se rebeló.

Bauerstein observaba a su colega con atención.

—Las convulsiones eran de una violencia extraordinaria, doctor Wilkins —dijo, sin dejar de mirarlo—. Siento que no haya estado usted aquí para presenciarlas. Eran de naturaleza tetánica.

—¡Ah! —exclamó el otro sorprendido.

—Me gustaría hablar con usted en privado —añadió Bauerstein. Miró a John—: ¿Tiene usted algo que objetar?

—Desde luego que no.

Salimos todos al pasillo, dejando solos a los dos médicos, y oí el ruido de la llave en la cerradura detrás de nosotros.

Bajamos la escalera poco a poco. Yo estaba muy nervioso. Tengo cierto talento deductivo y la actitud de Bauerstein había despertado en mi imaginación un montón de desenfrenadas conjeturas.

Mary puso la mano sobre mi brazo.

—¿Qué ocurre? ¿Puede decirme por qué está tan extraño el doctor Bauerstein?

La miré.

—¿Sabe usted qué pienso? ¡Escuche! —Miré a mi alrededor. Desde donde estábamos nadie podía oírnos, pero a pesar de ello dije en un susurro—: Creo que ha sido envenenada. Estoy seguro de que Bauerstein lo sospecha.

—¿Qué?

Se apoyó en la pared con las pupilas muy dilatadas y de su boca escapó un grito desesperado que me sobresaltó.

—¡No, no! ¡Eso no, eso no!

Corrió escaleras arriba y me dejó solo. La seguí, temiendo que fuera a desmayarse. La encontré apoyada en la barandilla, mortalmente pálida. Con la mano me indicó impaciente que me fuera.

—¡No, no, déjeme! Prefiero estar sola. Déjeme tranquila un minuto o dos. Váyase abajo con los demás.

Obedecí de mala gana. John y Lawrence estaban en el salón. Me acerqué a ellos. Todos permanecíamos callados, pero creo que expresé el sentir general cuando rompí aquel silencio y pregunté:

—¿Dónde está el señor Inglethorp?

John negó con la cabeza.

—No está en casa.

Nos miramos. ¿Dónde estaba Alfred Inglethorp? Su ausencia era extraña, inexplicable. Recordé las últimas palabras de la señora Inglethorp. ¿Qué significaban? ¿Qué más nos hubiera dicho, de haber tenido tiempo?

Al cabo de un rato oímos a los médicos bajando la escalera. Wilkins se mostraba orgulloso y daba la sensación de que trataba de ocultar, bajo una calma decorosa, su nerviosismo interior. Bauerstein se mantenía en segundo plano y la grave expresión de su rostro barbudo permanecía inalterada. Wilkins habló por delante de los dos y se dirigió a John:

—Señor Cavendish, quisiera su autorización para hacer la autopsia.

—¿Es necesario? —replicó John. Un espasmo de dolor cruzó su rostro.

—Del todo necesario —afirmó Bauerstein.

—¿Quiere usted decir que...?

—Que ni el doctor Wilkins ni yo podemos extender un certificado de defunción en las circunstancias actuales.

John inclinó la cabeza.

—En ese caso, la única alternativa que me queda es consentir.

—Gracias —dijo Wilkins con energía—. Creemos conveniente que la autopsia se realice mañana por la noche. Mejor dicho, esta misma noche —rectificó, al ver que ya era de día—. Dadas las circunstancias, me temo que no podremos evitar que se abra una investigación. Son formalidades necesarias, pero les ruego que no se angustien por ello.

Una pausa siguió a las palabras de Wilkins. A continuación, Bauerstein sacó dos llaves de su bolsillo y se las entregó a John.

—Las llaves de los dos dormitorios. Los he cerrado y, en mi opinión, por ahora deberían permanecer así.

Los médicos se marcharon.

Había estado barajando una idea y me pareció que era conveniente exponerla. Sin embargo, en cierta manera, temía hacerlo. Sabía que John sentía horror por toda clase de publicidad y que era un optimista despreocupado, poco amigo de buscarse problemas. Resultaría difícil convencerlo de la sensatez de mi plan.

Por otra parte, Lawrence, menos esclavo de los convencionalismos y más imaginativo, podía convertirse en mi aliado. Sin lugar a dudas, había llegado el momento de que yo tomara las riendas del asunto.

—John —dije—, te voy a pedir algo.

—Di.

—¿Recuerdas que les he hablado de mi amigo Poirot, el belga que está en el pueblo? Es un detective famosísimo.

—Sí. ¿Y bien?

—Quiero que me dejes llamarlo para investigar el asunto que nos ocupa.

—¡Cómo! ¿Ahora mismo? ¿Antes de la autopsia?

—Sí, el tiempo será un gran aliado si... si hay algo sucio en todo esto.

—¡Qué disparate! —exclamó Lawrence enojado—. En mi opinión, todo es una fantasía de Bauerstein. A Wilkins no se le habría ocurrido semejante cosa si Bauerstein no se la hubiese metido en la cabeza. Como todos los especialistas, Bauerstein tiene sus manías. Los venenos son su chifladura y, claro está, conoce sus efectos.

Tengo que confesar que me sorprendió la actitud de Lawrence. Rara vez se apasionaba.

John dudó unos segundos.

—No estoy de acuerdo, Lawrence. Me inclino por darle a Hastings plenos poderes, aunque prefiero esperar un poco. No queremos un escándalo, si puede evitarse.

—¡No, no! No tengan miedo. Poirot es la discreción personificada y procede con extrema cautela.

—Bueno, entonces haz lo que creas oportuno. Lo dejo en tus manos. Aunque si es lo que sospechamos, tiene todo el aspecto de tratarse de un caso clarísimo. Y que Dios me perdone si soy injusto con él.

Sin embargo, me concedí cinco minutos, que empleé en rebuscar en la biblioteca hasta que descubrí un libro de medicina con una descripción del envenenamiento por estricnina.

4

Poirot investiga

La casa que ocupaban los belgas en el pueblo estaba muy cerca de las puertas del parque. Se ganaba tiempo si se iba por un sendero que cruzaba los prados, evitando las curvas de la calzada. En consecuencia, utilicé el atajo. Al llegar al pabellón del guarda, me llamó la atención la figura de un hombre que corría hacia mí. Era el señor Inglethorp. ¿Dónde había estado? ¿Cómo explicaría su ausencia?

—¡Dios mío! ¡Es horrible! ¡Mi pobre mujer! Acabo de enterarme —gritó angustiado.

—¿Dónde ha estado usted?

—Denby me entretuvo anoche hasta muy tarde. No terminamos hasta después de la una. Entonces caí en la cuenta de que había olvidado la llave. Como no quería despertar a toda la casa, Denby me ofreció una cama.

—¿Cómo se ha enterado usted de la noticia?

—Wilkins ha ido a despertar a Denby para contárselo. ¡Mi pobre Emily! ¡Era tan sacrificada, tan noble! Abusaba de sus fuerzas.

Me sacudió una oleada de repulsión. ¡Redomado hipócrita!

—Tengo prisa —dije, dando gracias al cielo porque no me preguntaba adónde me dirigía.

Minutos más tarde llamaba a la puerta de Leastways Cottage.

Repetí con impaciencia la llamada cuando no obtuve respuesta. Por fin se abrió una de las ventanas y Poirot asomó la cabeza.

Profirió una exclamación de sorpresa al ver que era yo quien llamaba. En pocas palabras, le conté la tragedia que acababa de ocurrir y le pedí ayuda.

—Espere, *mon ami*, entre usted y vuelva a contármelo todo mientras me visto.

Bajó a abrirme la puerta y subimos a su dormitorio. Me ofreció una silla y le expliqué toda la historia, sin reservarme nada ni omitir detalle alguno, por insignificante que pareciera, mientras él se arreglaba con sumo cuidado y esmero.

Le conté cómo me había despertado, las últimas palabras de la señora Inglethorp, la ausencia de su esposo, la disputa del día anterior, el fragmento de conversación entre Mary y su suegra que había oído sin querer, la pelea entre la señora Inglethorp y Evelyn Howard, y las insinuaciones de esta última.

Mi relato no resultó tan claro como yo deseaba. Lo repetí varias veces y, en distintas ocasiones, tuve que volver atrás para contar algún detalle que había omitido.

Poirot me sonreía bondadoso.

—Su mente está confusa, ¿no es así? Tómese tiempo, amigo mío. Está usted nervioso, excitado. Es natural. Dentro de poco, cuando estemos más tranquilos, ordenaremos los hechos cuidadosamente, colocando cada uno en su sitio. Pondremos de un lado los detalles de importancia y del otro los que no la tienen y, ¡puf! —hinchó sus mejillas de querubín y sopló con mucha gracia—, los echaremos a volar de un soplo.

—Todo eso está muy bien, pero ¿cómo va usted a saber qué es importante y qué no lo es? En mi opinión, ahí está la principal dificultad.

Poirot negó con la cabeza con energía y luego continuó atusándose el bigote con gran esmero.

—No es así. *Voyons!* Un hecho conduce a otro y así sucesivamente. ¿Que el siguiente encaja con lo que ya tenemos? *À merveille!* ¡Muy bien! Podemos seguir adelante. Tomamos el siguiente detalle. ¡Ah! Es curioso. Falta uno, un eslabón de la cadena. Examinamos. Indagamos. Ese hecho curioso, ese detallito quizá insignificante que no concuerda, ya lo tenemos colocado. —Hizo un gesto extravagante con la mano—. ¡Es significativo! ¡Es formidable!

—Sí...

Poirot agitó el dedo índice con un ademán tan terrible que me acobardé.

—¡Ah! ¡Tenga cuidado! Pobre del detective que dice de un hecho cualquiera: «Es insignificante, no importa, no encaja. Lo olvido». Este sistema lleva a la confusión. Todo es importante.

—Ya lo sé. Siempre me lo decía usted. Por eso le he relatado todos los detalles de este asunto, me parecieran o no pertinentes.

—Estoy muy satisfecho con usted. Tiene buena memoria y me ha contado los hechos con total fidelidad. De lo que no diré nada es del orden tan deplorable en que me los ha presentado. Pero le disculpo, está usted alterado. A ello atribuyo que se haya olvidado de un hecho de la mayor importancia.

—¿Cuál?

—No me ha dicho usted si la señora Inglethorp cenó bien anoche.

Me quedé mirándolo con la boca abierta. Sin duda, la guerra había afectado su cerebro. Estaba cepillando su abrigo con cuidado antes de ponérselo y parecía absorto en la tarea.

—No lo recuerdo. De todos modos, no veo qué...

—¿Usted no lo ve? Pues tiene una gran importancia.

—No veo por qué —insistí algo irritado—. Me parece recordar que no comió mucho. Evidentemente, estaba muy disgustada y no tenía apetito. Era natural.

—Sí, era natural.

Sacó una pequeña cartera de documentos de un cajón y anunció:

—Ya estoy listo. Vayamos a Styles y estudiemos el caso sobre el terreno. Perdóneme, *mon ami*, se ha vestido deprisa y su corbata está torcida. Permítame que se la arregle.

Con un gesto hábil, colocó el nudo de mi corbata en la posición correcta.

—*Ça y est!* ¿Qué tal? ¿Nos vamos?

Cruzamos el pueblo a toda prisa y entramos en Styles por la puerta principal. Poirot se detuvo un instante y contempló apenado el hermoso parque, cubierto por el rocío de la mañana.

—Tan hermoso, tan bello, y la pobre familia sumida en el dolor, sufriendo tanto.

Me miró con atención mientras hablaba y enrojecí.

¿Estaba la familia postrada por el dolor? ¿Era tan grande la pena por la muerte de la señora Inglethorp? Me di cuenta de que faltaba emoción en el ambiente. La muerta no había sido capaz de hacerse querer. Su muerte era un sobresalto y una desgracia, pero no iba a sentirse demasiado.

Poirot pareció adivinar mis pensamientos. Movió la cabeza en silencio.

—No, tiene usted razón. No es como cuando hay lazos de sangre. Ha sido buena y generosa con los Cavendish, pero no era su madre. La sangre llama, recuerde siempre esto, la sangre llama.

—Poirot, me gustaría que me explicara por qué quería saber si la señora Inglethorp cenó bien anoche. Por más vueltas que le he dado, no veo qué relación puede tener con el asunto.

Seguimos andando en silencio durante un minuto o dos y por fin contestó:

—No me importa decírselo, aunque ya sabe usted que no es mi costumbre dar explicaciones antes de llegar al final. Es de suponer que la señora Inglethorp murió envenenada con estricnina, con toda probabilidad mezclada con el café.

—¿Y qué?

—¿A qué hora se sirvió el café?

—Hacia las ocho.

—Por consiguiente, lo tomó entre las ocho y las ocho y media; sin duda, no pudo ser mucho después. Pues bien, la estricnina es un veneno bastante rápido. Sus efectos deberían haberse presentado muy pronto, es posible que una hora después de ingerirla. Sin embargo, en el caso de la señora Inglethorp, los síntomas no se manifestaron hasta las cinco de la madrugada siguiente. ¡Nueve horas! Ahora bien, una comida pesada puede retrasar sus efectos, aunque difícilmente hasta ese extremo. Es una posibilidad que hay que tener en cuenta. Pero, según lo que usted ha dicho, cenó muy poco, a pesar de lo cual los síntomas no se presentaron hasta la madrugada. Es curioso, amigo mío. Puede que la autopsia nos revele algo. Entretanto, recuerde este dato.

John salió a nuestro encuentro cuando nos disponíamos a entrar en la casa. Parecía cansado y sombrío.

—Todo esto es espantoso, monsieur Poirot. Supongo que Hastings le habrá explicado que queremos evitar la publicidad.

—Lo comprendo muy bien.

—Por ahora solo se trata de una sospecha. No tenemos pruebas.

—Exacto. Únicamente es una medida de precaución.

John se volvió hacia mí mientras encendía un cigarrillo.

—¿Sabes que Inglethorp ha vuelto?

—Sí. Me lo he encontrado.

John tiró el fósforo a un macizo de flores próximo, lo cual resultó excesivo para la sensibilidad de Poirot, que recuperó el fósforo y lo enterró.

—No sabe uno cómo tratarle. Es una situación difícil.

—Esa dificultad no durará mucho —declaró Poirot con suavidad.

John se quedó perplejo, sin comprender el significado de aquella misteriosa frase. Me entregó las dos llaves que le había dado Bauerstein.

—Enséñale a monsieur Poirot todo lo que quiera examinar.

—¿Están cerradas las habitaciones?

—Bauerstein lo creyó conveniente.

Poirot asintió pensativo.

—Entonces es que está muy seguro. Bueno, eso simplifica las cosas.

Subimos juntos a la habitación de la tragedia. Por considerarlo de utilidad, incluyo un plano de la habitación y la ubicación de los muebles principales:

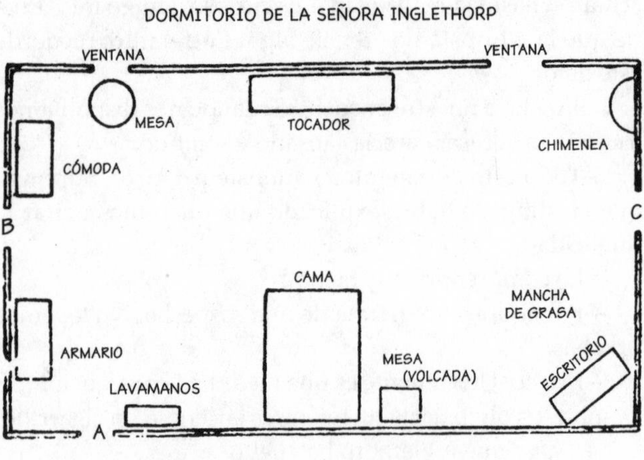

DORMITORIO DE LA SEÑORA INGLETHORP

VENTANA
VENTANA
MESA
TOCADOR
CHIMENEA
CÓMODA
B
C
CAMA
MANCHA DE GRASA
ARMARIO
MESA (VOLCADA)
ESCRITORIO
LAVAMANOS
A

A: Puerta al pasillo.

B: Puerta al dormitorio del señor Inglethorp.

C: Puerta al dormitorio de Cynthia.

Poirot cerró la puerta por dentro y procedió a inspeccionar la habitación de forma minuciosa. Pasaba de un objeto a otro con la agilidad de un saltamontes. Yo me quedé en la puerta, temiendo destruir alguna pista. Sin embargo, Poirot no pareció agradecerme mi precaución.

—¿Qué le ocurre, amigo mío? Se queda usted ahí... ¿cómo dicen ustedes...? ¡Ah!, sí, como atontado.

Le aclaré que tenía miedo de destruir posibles pisadas.

—¿Pisadas? ¡Qué idea! Pero ¡si parece que hubiera entrado en la habitación todo un ejército! ¿Qué pisadas vamos a encontrar? Venga aquí y ayúdeme a registrar. Dejaré aquí mi maletín hasta que la necesite.

Puso el maletín en la mesa redonda próxima a la ventana, pero más le hubiera valido no hacerlo, porque el tablero estaba flojo, se inclinó y el maletín cayó al suelo.

—*Et voilà une table!* ¡Ay, amigo mío, uno puede vivir en una gran casa y no tener comodidades!

Después de su filosófico comentario, reanudó la búsqueda.

Una pequeña caja de documentos de color violeta, que descansaba en un escritorio con la llave en la cerradura, llamó su atención durante unos minutos. Sacó la llave y me la entregó para que la examinara, pero no vi en ella nada particular. Era una llave corriente, tipo Yale, atada con un trocito de alambre retorcido.

A continuación, examinó el marco de la puerta forzada, asegurándose de que el cerrojo había sido corrido. Después se dirigió a la del lado opuesto, que comunicaba con el dormitorio de Cynthia. También esa puerta tenía echado el cerrojo, como yo le había dicho. Sin embargo, Poirot estuvo descorriendo el cerrojo y abriendo y cerrando la puerta varias veces. Lo hizo teniendo mucho cuidado de no hacer ruido. De pronto, algo en el cerrojo pareció llamar su atención. Lo examinó con sumo celo y, con unas pinzas que sacó de su maletín, extrajo algo diminuto que guardó en un sobre.

Sobre la cómoda había una bandeja y, en ella, una lámpara de alcohol, una cacerola que contenía una pequeña cantidad de un líquido oscuro y, cerca de ella, una taza y un plato usados. Me pregunté cómo había podido ser tan mal observador y haberlo pasado por alto. Aquella pista valía la pena. Poirot introdujo delicadamente un dedo en el líquido y lo probó con cierto escrúpulo mientras hacía una mueca.

—Cacao, creo que con ron.

A continuación, pasó a examinar los objetos esparcidos por el suelo, donde se había volcado la mesita de luz. Había un velador, algunos libros, fósforos, un manojo de llaves y fragmentos de una taza de café.

—¡Qué curioso!

—Le confieso que no veo nada de particular.

—¿No? Fíjese en la lámpara: el tubo de cristal está roto en dos partes; ahí están, tal como quedaron al caer. Pero, mire, la taza se ha hecho añicos.

—Bueno. Alguien la habrá pisado.

—Eso es —dijo Poirot con voz extraña—. Alguien la habrá pisado.

Se levantó, dirigiéndose despacio a la repisa de la chimenea, donde permaneció absorto, tocando y ordenando las figuritas; un viejo recurso suyo cuando estaba nervioso.

—*Mon ami!* Alguien pisó esa taza, haciéndola añicos, y la razón para hacerlo pudo ser que contenía estricnina o que no la contenía, lo que es mucho más serio.

No contesté. Estaba desconcertado, aunque sabía que era inútil pedirle explicaciones. Tras unos minutos, se levantó y prosiguió sus investigaciones. Agarró del suelo el manojo de llaves y le dio vueltas entre los dedos hasta elegir una muy reluciente, que introdujo en la cerradura de la caja. La llave abrió la caja, pero Poirot, después de un momento de duda, volvió a cerrarla y se metió en el bolsillo el manojo y la llave que antes había estado en la cerradura.

—No tengo autoridad para examinar esos papeles. Pero hay que hacerlo y enseguida.

Examinó con detenimiento los cajones de debajo del lavamanos. Luego atravesó el dormitorio en dirección a la ventana de la izquierda, donde se quedó mirando una mancha redonda, apenas visible en la alfombra de color castaño oscuro. Se arrodilló para verla mejor e incluso llegó a olerla. Por último, vertió unas gotas de cacao en un tubo de ensayo, que tapó con mucho cuidado. Su siguiente paso fue sacar un cuadernito.

—Hemos encontrado en esta habitación —dijo, mientras escribía— seis puntos de interés. ¿Los enumero o lo hace usted?

—Usted —repliqué enseguida.

—Muy bien. Uno: una taza de café hecha añicos; dos: una caja de documentos con una llave en la cerradura; tres: una mancha en el suelo.

—La mancha puede llevar ahí algún tiempo.

—No, todavía está húmeda y huele a café. Cuatro: un fragmento de tela verde oscuro, solo un hilo o dos, pero lo suficiente para saber de qué se trata.

—¡Ah! Eso ha sido lo que ha guardado en el sobre.

—Sí. A lo mejor resulta ser de un traje de la señora Inglethorp y carece de importancia. Ya veremos. Cinco: esto... —con un gesto teatral señaló una gran mancha de cera de vela en el suelo, cerca del escritorio— no debería estar aquí. Una buena doncella la hubiese quitado en el acto con un papel secante y una plancha caliente. Con uno de mis mejores sombreros, una vez... Pero eso es otro tema.

—Es muy probable que sea de anoche. Estábamos todos muy agitados. También podría ser que la propia señora Inglethorp dejara caer su vela.

—¿Solo trajeron una vela a esta habitación?

—Solo una. La llevaba Lawrence Cavendish, pero estaba muy nervioso. Fue como si hubiera visto algo por ahí que lo dejó completamente paralizado. —Indiqué la repisa de la chimenea.

—Eso es interesante. Sí, es un hecho llamativo. —Su mirada recorrió toda la pared—. Pero no fue la vela la que produjo esa mancha, porque, como puede ver, la cera es blanca, mientras que la vela que llevaba monsieur Lawrence, que todavía está ahí, en el gabinete, es de color rosa. Por otra parte, la señora Inglethorp no tenía candelabros en la habitación, solo una lámpara de alcohol.

—Entonces ¿qué consecuencias extrae?

Mi amigo me contestó irritado, animándome a usar mis propias facultades.

—¿Qué me dice del sexto descubrimiento? —pregunté—. Supongo que será el cacao.

—No. Tendría que haber incluido el cacao en el sexto, pero no lo he hecho. No, el sexto me lo reservo hasta que lo crea oportuno.

Echó una rápida ojeada al dormitorio.

—No hay nada más que hacer aquí, a menos que... —Durante largo rato se quedó contemplando las cenizas de la chimenea—. El fuego quema y destruye. Pero puede ser que... Podría haber... ¡Vamos a verlo!

Se agachó y comenzó a revolver las cenizas en el cenicero y a separarlas con cuidado. De pronto profirió una débil exclamación.

—¡Las pinzas, Hastings!

Se las di rápidamente y extrajo un pedacito de papel medio quemado.

—¡Vaya, *mon ami*! ¿Qué le parece esto?

Examiné el trozo de papel. Incluyo una reproducción exacta.

Me quedé perplejo. Era un papel muy grueso, distinto al papel de carta común. De pronto se me ocurrió una idea.

—¡Poirot! Es el fragmento de un testamento.

—Exacto.

—¿No le sorprende?

—No. Lo esperaba.

Le devolví el trozo de papel y lo guardó en su maletín con el mismo cuidado metódico con que lo hacía todo. Mi cabeza era un torbellino. ¿Qué significaba aquella complicación del testamento? ¿Quién lo había destruido? ¿La misma persona que había dejado la mancha de cera en el suelo? Parecía evidente. Pero ¿cómo había podido entrar en la habitación? Todas las puertas tenían echado el cerrojo por dentro.

—Ahora vámonos, amigo mío —añadió Poirot con energía—. Me gustaría hacerle algunas preguntas a la doncella. Se llama Dorcas, ¿verdad?

Pasamos a través del dormitorio de Alfred Inglethorp y Poirot aprovechó para hacer un examen rápido y eficiente. Salimos por aquella puerta y la cerramos de nuevo, al igual que la de la señora Inglethorp.

Poirot dijo que quería ver el gabinete y bajamos juntos. Lo dejé allí mientras iba a buscar a Dorcas.

Sin embargo, cuando volví con ella, el gabinete estaba vacío.

—¡Poirot! ¿Dónde se ha metido?

—Aquí estoy, amigo mío.

Había salido por el ventanal y estaba en la terraza, aparentemente abstraído en la contemplación de los macizos de flores.

—¡Admirable! —murmuró—. ¡Admirable! ¡Qué simetría! Mire aquella media luna y aquellos rombos. Su elegancia alegra la vista. La distancia entre las plantas también es perfecta. Lo han arreglado hace poco, ¿verdad?

—Sí, creo que estaban haciéndolo ayer por la tarde. Pero venga usted, aquí está Dorcas.

—*Eh bien, eh bien!* No me niegue estos momentos de placer para mis ojos.

—No, pero lo que nos traemos entre manos es más importante.

—¿Cómo sabe usted que esas hermosas begonias son menos importantes?

Me encogí de hombros. Cuando adoptaba esa actitud había que dejarlo.

—¿No está de acuerdo conmigo? Debemos ceñirnos a los hechos. Bueno, entraremos y le haremos unas preguntas a la buena de Dorcas.

Dorcas permanecía de pie con las manos cruzadas en actitud respetuosa, con el pelo gris asomándole en rígidas ondas por debajo de la cofia blanca. Era el paradigma de la buena criada de otros tiempos.

Su actitud hacia Poirot demostraba desconfianza, pero su resistencia se desmoronó enseguida. Mi amigo acercó una silla.

—Siéntese, por favor, mademoiselle.

—Gracias, señor.

—Llevaba muchos años con su señora, ¿verdad?

—Diez años, señor.

—La ha servido usted mucho tiempo y con fidelidad. Debía de tenerle mucho afecto.

—La señora era muy buena conmigo, señor.

—Entonces no tendrá usted inconveniente en contestar unas cuantas preguntas. Se las hago con la aprobación del señor Cavendish.

—Por supuesto, señor.

—Entonces empezaré preguntándole acerca de los sucesos de ayer por la tarde. ¿Tuvo su señora una discusión?

—Sí, señor, pero no sé si debo... —titubeó.

—Mi buena Dorcas, es preciso que yo conozca todos los

detalles de esa discusión de la manera más precisa. No piense que está usted traicionando los secretos de su señora. Su señora está muerta y tenemos que saberlo todo si queremos vengarla. Nada puede revivirla. Pero, si ha habido un crimen, podemos entregar al asesino a la justicia.

—Así sea —dijo Dorcas con firmeza—. Y, sin nombrar a nadie, hay alguien en la casa a quien ninguno de nosotros ha soportado nunca. ¡Desgraciado el día en que él entró en esta respetable casa!

Poirot esperó a que su indignación se calmara y preguntó, adoptando de nuevo su tono profesional:

—¿Qué hay de aquella discusión? ¿Cómo se enteró usted?

—Ayer pasaba por casualidad por el vestíbulo y...

—¿Qué hora era?

—No lo sé con exactitud, señor, pero aún faltaba mucho para la hora del té. Puede que fueran las cuatro, o quizá un poco más tarde. Bueno, señor, como le iba diciendo, pasaba por casualidad cuando oí gritos. Yo no quería escuchar, pero... Bueno, el caso es que lo hice. La puerta estaba cerrada, aunque la señora hablaba con una voz muy fuerte y clara y pude oír fácilmente lo que decía: «Me has mentido y engañado». No pude oír lo que contestó el señor Inglethorp porque hablaba mucho más bajo. Pero ella añadió: «¿Cómo te atreves? Te he cuidado, te he vestido, te he alimentado. ¡Me lo debes todo! ¡Y así me lo pagas! Has ensuciado nuestro nombre». Tampoco pude oír lo que respondió él. Ella siguió: «Nada de lo que digas cambiará mi decisión. Tengo muy claro lo que debo hacer. Estoy decidida. No creas que me van a detener ni el miedo a los chismes ni el escándalo que provoca el enfrentamiento entre marido y mujer». Entonces me pareció que salían y me marché a toda prisa.

—¿Está usted segura de que era la voz del señor Inglethorp la que oyó?

—¡Oh! Sí, señor. ¿De quién iba a ser si no?

—¿Qué ocurrió después?

—Más tarde volví al vestíbulo, pero todo estaba tranquilo. A las cinco, la señora Inglethorp tocó la campanilla y me pidió que le llevara una taza de té al gabinete, nada para comer. Tenía un aspecto espantoso, estaba muy pálida y como trastornada. «Dorcas —me dijo—, he tenido un disgusto horrible». «Lo siento, señora —contesté—, se sentirá mejor después de tomar una tacita de té». Tenía algo en la mano. No sé si era una carta o un trozo de papel, pero había algo escrito en él y la señora lo miraba como si no pudiera creer lo que estaba leyendo. Hablaba para sí entre dientes y parecía haber olvidado que yo estaba allí. «Solo unas palabras y todo ha cambiado». Entonces me dijo: «Nunca confíes en los hombres, Dorcas, no se lo merecen». Salí corriendo y le llevé una buena taza de té fuerte. Me dio las gracias, asegurando que se sentiría mejor después de tomárselo. «No sé qué hacer», indicó. «El escándalo en un matrimonio es horrible, Dorcas. Lo ocultaría todo, si pudiera». La señora Cavendish entró en aquel momento y ya no me dijo nada más.

—¿Tenía todavía la carta o lo que fuera en la mano?

—Sí, señor.

—¿Qué cree usted que hizo con ella después?

—No lo sé, señor. Pero supongo que la guardaría en la caja violeta.

—¿Era ahí donde acostumbraba guardar los papeles importantes?

—Sí, señor. La bajaba con ella todas las mañanas y la volvía a subir por la noche.

—¿Cuándo perdió la llave de la caja?

—La perdió ayer, a la hora de almorzar, señor, y me pidió que la buscara por todas partes. Estaba muy angustiada.

—¿Tenía un duplicado de la llave?

—Sí, señor.

Dorcas miraba a Poirot con curiosidad y, si he de decir

la verdad, también despertó mi interés. ¿Qué significaba todo aquello de la llave perdida? Poirot sonrió.

—No tiene importancia, Dorcas. Mi trabajo consiste en enterarme de las cosas. ¿Es esta la llave perdida?

Sacó de su bolsillo la llave que había encontrado en la cerradura de la caja de documentos.

Parecía que los ojos de Dorcas iban a salirse de las órbitas.

—Sí, señor, claro que lo es. ¿Dónde la ha encontrado? La he buscado por todas partes.

—¡Ah, pero es que ayer no estaba donde estaba hoy! Cambiando de tema, ¿tenía su señora un vestido verde oscuro?

Dorcas se sobresaltó ante lo inesperado de la pregunta.

—No, señor.

—¿Está usted segura?

—Desde luego, señor.

—¿Tiene alguien en la casa un vestido verde?

Dorcas reflexionó.

—La señorita Cynthia tiene un vestido de noche verde.

—¿Verde claro o verde oscuro?

—Verde claro, señor, de una especie de gasa, como dice ella.

—No, no es lo que busco. ¿Nadie más tiene nada verde?

—No, señor. Al menos que yo sepa.

El rostro de Poirot no reveló si estaba o no desilusionado.

—Bueno, dejemos eso y sigamos adelante. ¿Cree que su señora tenía intención de tomar anoche algún somnífero?

—Anoche no, señor. Sé que no lo tomó.

—¿Cómo lo sabe usted con tanta seguridad?

—Porque la caja estaba vacía. Tomó la última dosis que le quedaba hace dos días y no se había hecho preparar más.

—¿Está usted completamente segura?

—Completamente, señor.

—Entonces está claro. Por cierto, ¿no le pidió ayer su señora que firmara algún papel?

—¿Firmar un papel? No, señor.

—Cuando el señor Hastings y el señor Lawrence Cavendish volvieron anoche encontraron a su señora escribiendo cartas. ¿No puede darme usted una idea de a quién iban dirigidas?

—Lo siento, señor, pero no puedo decírselo. Era mi tarde libre. Quizá Annie lo sepa, aunque es una chica muy atolondrada. Anoche no recogió las tazas de café. Eso es lo que pasa cuando yo no estoy para ocuparme de las cosas.

Poirot levantó la mano.

—Ya que no ha recogido las tazas, Dorcas, déjelas un poco más donde están, se lo ruego. Me gustaría examinarlas con atención.

—Muy bien, señor.

—¿A qué hora salió usted ayer?

—A eso de las seis, señor.

—Gracias, Dorcas, eso es todo lo que tengo que preguntarle. —Poirot se levantó y se acercó a la ventana—. Me gustan esos parterres. ¿Cuántos jardineros hay en la casa?

—Ahora solo tres, señor. Había cinco antes de la guerra, cuando esta casa era señorial de verdad. Me gustaría que hubiera visto entonces el jardín. Estaba precioso. Pero ahora solo están el viejo Manning, el joven William y una jardinera de la nueva hornada con pantalones y cosas por el estilo. ¡Qué tiempos más terribles!

—Volverán los buenos tiempos, Dorcas. Al menos, eso espero. Bien, ¿quiere decirle a Annie que venga?

—Sí, señor. Gracias, señor.

—¿Cómo ha sabido usted que la señora Inglethorp tomaba somníferos? —pregunté con viva curiosidad cuando Dorcas salió de la habitación—. ¿Qué es esa historia de la llave perdida y del duplicado?

—Cada cosa a su debido tiempo. En cuanto al somnífero, lo he sabido por esto.

Me mostró una pequeña caja de cartón, como las que los farmacéuticos usan para los polvos.

—¿Dónde la ha encontrado?

—En el cajón del lavamanos de la habitación de la señora Inglethorp. Era el número seis de mi lista.

—Pero si la última dosis la tomó hace dos días, no tiene importancia.

—Quizá no. Sin embargo, ¿no hay nada en esta caja que le parezca extraño?

La examiné con cuidado.

—No, la verdad.

—Mire la etiqueta.

Leí la etiqueta con atención: «Tómese una dosis antes de acostarse si es necesario. La señora Inglethorp».

—No, no veo nada de particular.

—¿No le extraña que no lleve el nombre del farmacéutico?

—¡Ah! ¡Sí que es extraño!

—¿Ha conocido usted a algún farmacéutico que despache una caja de pastillas sin que lleve su nombre impreso?

—No, nunca.

Mi excitación iba en aumento, pero Poirot me echó un jarro de agua fría al decir:

—Sin embargo, la explicación es muy sencilla. De modo que no se alarme usted, amigo mío.

No tuve tiempo de contestar, porque en ese instante se abrió la puerta y entró Annie.

Annie era una muchacha guapa y robusta. Se la veía dominada por los nervios, mezclados con cierto placer morboso por la tragedia que había ocurrido en la casa.

Poirot fue directo al grano con una relativa brusquedad profesional.

—La he mandado llamar, Annie, porque he pensado que quizá usted podría decirme algo sobre las cartas que la señora Inglethorp escribió anoche. ¿Cuántas eran? ¿Recuerda a quiénes iban dirigidas?

Annie meditó un momento.

—Eran cuatro cartas, señor. Una era para la señorita Howard, otra para el señor Wells; las otras dos no lo recuerdo. ¡Ah! Sí, una era para la casa Ross, los proveedores de Tadminster. De la otra no me acuerdo.

—Intente recordar —insistió Poirot.

Annie se devanó los sesos, sin resultado.

—Lo siento, señor, pero no tengo ni idea. Creo que no me fijé.

—No importa —dijo Poirot, sin demostrar decepción—. Ahora quiero preguntarle otra cosa. Hay una cacerola con restos de cacao en la habitación de la señora Inglethorp. ¿Acostumbraba tomarlo todas las noches?

—Sí, señor. Se lo subía cada atardecer y ella lo calentaba a cualquier hora de la noche, cuando quería.

—¿Qué era? ¿Solo cacao?

—Sí, señor, hecho con leche, una cucharada de azúcar y dos de ron.

—¿Quién se lo llevaba a su habitación?

—Yo, señor.

—¿Siempre?

—Sí, señor.

—¿A qué hora?

—Por regla general, cuando iba a correr las cortinas, señor.

—Entonces ¿se lo subía usted de la cocina?

—No, señor. Verá, no hay mucho espacio en la cocina de gas, de modo que la cocinera lo preparaba antes de cocinar las verduras para la cena. Entonces yo lo subía, lo dejaba en la mesa, junto a la puerta giratoria, y más tarde se lo llevaba a su habitación.

—La puerta giratoria está en el ala izquierda, ¿verdad?

—Sí, señor.

—¿La mesa está de este lado de la puerta o del lado del servicio?

—De este lado, señor.

—¿A qué hora lo subió usted anoche?

—Creo que a eso de las siete y cuarto, señor.

—¿Cuándo lo llevó usted a la habitación de la señora Inglethorp?

—Cuando fui a cerrar las cortinas, señor, alrededor de las ocho. La señora Inglethorp subió a acostarse antes de que yo terminase.

—Entonces ¿entre las siete y cuarto y las ocho, el cacao estuvo en la mesa, en el ala izquierda?

—Sí, señor.

Annie se había ido poniendo cada vez más roja y de pronto estalló de forma inesperada:

—Y si había sal en el cacao, señor, no fui yo. Yo no puse la sal allí.

—¿Qué es lo que le hace pensar que había sal?

—Porque la vi en la bandeja, señor.

—¿Vio usted sal en la bandeja?

—Sí. Parecía sal gruesa, de cocina. No me di cuenta cuando subí con la bandeja, pero cuando fui a llevarla a la habitación de la señora la vi enseguida. Debería haberla bajado otra vez y haberle dicho a la cocinera que preparara otro cacao, pero tenía prisa porque Dorcas había salido y pensé que seguramente la sal no había tocado el cacao, solo la bandeja. Así que la limpié con mi delantal y la dejé donde estaba.

Con gran dificultad dominé mi excitación. Sin darse cuenta, Annie nos había proporcionado una pista importante. ¡Se hubiera asombrado de saber que su «sal gruesa de cocina» era estricnina, uno de los venenos más mortales conocidos por la humanidad! Me maravilló la calma de Poirot. Su dominio de sí mismo era asombroso. Esperaba la siguiente pregunta, aunque me desilusionó.

—Cuando usted fue al dormitorio de la señora Inglethorp, ¿estaba cerrada la puerta que comunicaba con el dormitorio de la señorita Cynthia?

—Sí, señor. Siempre ha estado cerrada. Nunca se abre.

—¿Y la puerta del dormitorio del señor Inglethorp? ¿Se fijó usted en si también estaba cerrada?

Annie dudó.

—No puedo decirlo con seguridad, señor. Estaba cerrada, pero no sé si el cerrojo estaba echado.

—Cuando usted abandonó el dormitorio, ¿la señora Inglethorp cerró la puerta?

—No, señor, entonces no la cerró, pero supongo que lo haría más tarde. La cerraba todas las noches. Me refiero a la puerta que da al pasillo.

—¿Vio usted una mancha de cera en el suelo cuando arregló la habitación ayer?

—¿De cera? No, señor. La señora Inglethorp no tenía velas, solo una lámpara.

—Entonces, si hubiera habido una gran mancha de cera en el suelo, ¿está usted segura de que se habría dado cuenta?

—Sí, señor, y la hubiera limpiado con un papel secante y una plancha caliente.

Entonces Poirot repitió la pregunta que le había hecho a Dorcas:

—¿Ha tenido alguna vez su señora un vestido verde?

—No, señor.

—¿Ni una capa, ni una mantilla, ni una..., cómo dicen ustedes..., una chaqueta deportiva?

—Verde no, señor.

—¿Ni ninguna otra persona de la casa?

Annie reflexionó.

—No, señor.

—¿Está usted segura?

—Completamente.

—*Bien!* Eso es todo. Muchas gracias.

Annie soltó una risita nerviosa y salió de la habitación. No pude contener más mi excitación.

—¡Poirot! ¡Le felicito! ¡Qué gran descubrimiento!

—¿A qué llama usted un gran descubrimiento?

—¡Qué va a ser! Que era el cacao y no el café el que estaba envenenado. ¡Eso lo explica todo! Naturalmente, no hizo efecto hasta la madrugada porque el cacao se lo tomó a medianoche.

—¿De modo que usted cree que el cacao, fíjese bien en lo que digo, el cacao contenía estricnina?

—¡Claro! ¿Qué podía ser si no la sal de la bandeja?

—Podría haber sido sal —replicó Poirot con placidez.

Me encogí de hombros. Cuando se ponía así era inútil hablar con él. Se me ocurrió la idea, y no por primera vez, de que mi pobre Poirot empezaba a chochear. Pensé que era una suerte que se hubiera asociado con alguien de mente más rápida. Poirot me observaba con ojos agudos.

—¿No está usted satisfecho de mí, *mon ami*?

—Mi querido Poirot, yo no soy quién para sugerirle nada. Usted tiene derecho a tener su propia teoría, como yo tengo la mía.

—Admirable pensamiento —observó Poirot, levantándose con agilidad—. Ya he terminado con esta habitación. A propósito, ¿de quién es el pequeño escritorio de la esquina?

—Del señor Inglethorp.

—¡Ah! —Trató de abrir la tapa—. Está cerrada. Pero puede que la abra alguna de las llaves de la señora Inglethorp.

Ensayó con varias de ellas, haciéndolas girar con mano experta, hasta que por fin lanzó una exclamación de júbilo.

—*Voilà!* No es la llave que le corresponde, pero puede abrir el escritorio en caso de apuro.

Levantó la tapa y echó una rápida ojeada a los papeles, ordenados con todo cuidado. Para mi sorpresa, no los examinó, sino que se limitó a observarlos mientras cerraba el mueble de nuevo.

—Decididamente, el señor Inglethorp es un hombre en verdad metódico.

Decir de alguien que era un «hombre metódico», desde el punto de vista de Poirot, era la mayor alabanza que podía hacerse de un individuo.

Me di cuenta de que mi amigo no era el de antes cuando siguió divagando de modo inconexo.

—No había estampillas en el escritorio, pero podría haber habido, ¿verdad, *mon ami*? ¡Podría haberlas habido! No. —Su mirada recorrió la habitación—. Este gabinete no tiene nada más que decirnos. No nos ha dicho gran cosa. Solo esto.

Sacó del bolsillo un sobre arrugado y me lo tiró. Era un sobre vulgar, viejo y de aspecto sucio con unas cuantas palabras garabateadas. Incluyo un facsímil del sobre.*

possessed
I am possessed

He is possessed
I am possessed
possessed

* Hemos conservado el original, ya que, como se verá más adelante, en caso contrario, se perdería el sentido en español. Uno de los significados de *possessed* es: «Estoy seguro de mí mismo o en plena posesión de mis facultades». *(N. de la t.)*

5

No fue estricnina, ¿verdad?

—¿Dónde lo ha encontrado usted? —le pregunté a Poirot, dominado por la curiosidad.

—En la papelera. ¿Reconoce la letra?

—Sí, es la de la señora Inglethorp. ¿Qué significa?

Poirot se encogió de hombros.

—No sé, pero sugiere muchas cosas.

Una idea disparatada cruzó por mi mente como un relámpago. ¿Sería posible que la señora Inglethorp no estuviera en sus cabales cuando lo escribió?

¿Estaría chocheando? En ese caso, ¿no se habría suicidado?

Estaba a punto de expresar a Poirot estas teorías, pero sus palabras me distrajeron.

—Vamos a examinar las tazas de café.

—Mi querido Poirot, ¿qué importancia tiene eso ahora que sabemos lo del cacao?

—*Oh là là!* El pobre cacao —exclamó Poirot con frivolidad.

Se rio muy divertido, levantando los brazos al cielo con una desesperación cómica, una actitud que me pareció de muy mal gusto.

—De todos modos —dije, acentuando mi frialdad—, desde el momento en que la propia señora Inglethorp subió su café, no sé qué espera encontrar, como no sea un paquete de estricnina en la bandeja.

Poirot se serenó de inmediato.

—¡Vamos, vamos, amigo mío! —exclamó, tomándome del brazo—. *Ne vous dérangez pas!* Permítame que me interese por mis tazas de café y yo respetaré su cacao. ¿De acuerdo?

Fue tan sumamente divertido que no tuve más remedio que reírme y fuimos juntos al salón, donde seguían las tazas de café y la bandeja tal como las habíamos dejado.

Poirot me hizo reconstruir la escena de la noche anterior, escuchándome con mucha atención y comprobando la posición de las diversas tazas.

—De modo que la señora Cavendish estaba junto a la bandeja y sirvió el café. Sí. Entonces se acercó a la ventana, donde estaban ustedes y mademoiselle Cynthia. Aquí están las tres tazas. La taza de la repisa de la chimenea, a medio tomar, será la del señor Lawrence Cavendish. ¿Y la de la bandeja?

—Es la de John Cavendish. Lo vi dejarla allí.

—Bien. Una, dos, tres, cuatro, cinco... ¿Dónde está la del señor Inglethorp?

—Él no toma café.

—Entonces ya las tenemos todas. Un momento, amigo mío.

Con cuidado, tomó un granito o dos de los posos de cada taza, probándolos uno tras otro y sellándolos en tubos de ensayo individuales. Su rostro cambió por unos segundos, adquiriendo una expresión mitad de desconcierto, mitad de alivio.

—*Bien!* Es evidente. Tenía una idea, pero está claro que me he equivocado. Sí, por completo. Sin embargo, es extraño, aunque no importa.

Rechazó la idea que le importunaba, cualquiera que fuera, con un característico encogimiento de hombros. Podría haberle dicho que aquella obsesión suya por el café estaba destinada desde el principio a terminar en un callejón sin salida, pero me mordí la lengua. Poirot había sido un personaje notable en el mundo de la investigación criminal.

—El desayuno está servido —nos avisó John, que venía del vestíbulo—. ¿Desayunará usted con nosotros, monsieur Poirot?

Poirot asintió. Observé a John. Volvía a ser el mismo de siempre. La impresión de los sucesos de la noche anterior solo lo había afectado de forma temporal. Volvía a estar sereno. Era un hombre con muy poca imaginación, al contrario que su hermano, que quizá tenía demasiada.

Desde muy temprano, John había estado muy atareado enviando telegramas, uno de los primeros para Evelyn Howard, escribiendo las esquelas para los periódicos y dedicándose a todos los tristes deberes que conlleva una muerte.

—¿Cómo van las cosas? —preguntó—. ¿Ha descubierto si mi madre ha muerto por causas naturales o si... si debemos prepararnos para lo peor?

—Creo, señor Cavendish, que no debe abrigar falsas esperanzas. ¿Qué opinan los demás miembros de la familia? —dijo Poirot muy serio.

—Mi hermano está convencido de que no hay razones para armar tanto alboroto. Dice que todo apunta a una insuficiencia cardíaca.

—¿Ah, sí? Muy interesante, es muy interesante —murmuró Poirot—. ¿Qué opina la señora Cavendish?

El rostro de John se ensombreció.

—No tengo la menor idea de cuál es la opinión de mi esposa.

La respuesta creó un momento de tensión. John rompió el silencio, diciendo con cierto esfuerzo:

—¿Le he contado que ha vuelto el señor Inglethorp?

Poirot asintió.

—Es una situación muy embarazosa para todos nosotros. Naturalmente, tenemos que tratarlo como de costumbre, pero, ¡diablos!, le revuelve a uno el estómago tener que sentarse a la mesa con un posible asesino.

—Lo comprendo. Es una situación muy difícil para usted, señor Cavendish. Me gustaría hacerle una pregunta. La razón por la que el señor Inglethorp no volvió anoche fue, según creo, que había olvidado la llave, ¿verdad?

—Sí.

—Supongo que estará usted del todo seguro de que realmente se olvidó la llave, que no se la había llevado.

—No tengo ni idea. No se me ocurrió mirar. Siempre la guardamos en el cajón del vestíbulo. Iré a ver si está allí.

Poirot levantó una mano y esbozó una débil sonrisa.

—No, no, señor Cavendish, ya es demasiado tarde. Estoy seguro de que la encontrará allí. Si el señor Inglethorp se la llevó anoche, ha tenido tiempo para devolverla a su sitio.

—¿Usted cree que...?

—No creo nada. Si alguien, por casualidad, hubiera mirado antes de su regreso y hubiese visto allí la llave, sería un punto a su favor. Eso es todo.

John se quedó perplejo.

—No se preocupe —dijo Poirot con suavidad—. No debe preocuparse por ello. Ya que es usted tan amable, vamos a desayunar.

Se habían reunido todos en el comedor. En aquellas circunstancias no éramos, como es lógico, un grupo muy alegre. La reacción que se produce tras una conmoción es siempre penosa y creo que todos nos encontrábamos un poco tristes. Claro que, por decoro y buena educación, nos comportábamos más o menos como de costumbre, pero no pude dejar de preguntarme si ese comportamiento era forzado. Nadie tenía los ojos rojos ni en los rostros se veían las señales que deja el dolor. Me di cuenta de que estaba en lo cierto al pensar que Dorcas era la persona más afectada por la tragedia.

Excepto, por supuesto, Alfred Inglethorp, que representaba el papel de viudo atribulado con una hipocresía que me pareció repugnante. Me pregunté si sabría que sospechábamos de él. Era evidente que no podía ignorar el hecho, por mucho que disimuláramos. ¿No sentía miedo, o confiaba en que su crimen quedase impune? Era imposible que la atmósfera, cargada de recelo, no le advirtiese que ya era un hombre marcado.

Sin embargo, ¿sospechaban todos de él? ¿Y la señora Cavendish? La observé sentada a la cabecera de la mesa, graciosa, serena, enigmática. Iba muy hermosa con su vestido gris perla y aquellos volados de las mangas que caían sobre sus manos. No obstante, cuando quería, su rostro mantenía el misterio de una esfinge. Apenas abrió los labios, pero la gran fuerza de su personalidad nos dominaba a todos.

¿La pequeña Cynthia compartía las sospechas? La vi muy cansada, incluso enferma. Eran evidentes la pesadez y el decaimiento que mostraba. Le pregunté si se encontraba mal y me contestó sin rodeos:

—Sí, tengo un terrible dolor de cabeza.

—¿Otra taza de café, mademoiselle? —dijo Poirot, solícito como siempre—. La animará mucho. No hay nada como el café para el *mal de tête*.

Se levantó para tomar su taza.

—Sin azúcar —pidió Cynthia, al verlo con los terrones.

—¿Sin azúcar? Sacrificios de guerra, ¿verdad?

—No, nunca tomo azúcar con el café.

—*Sacré!* —murmuró Poirot entre dientes, al devolverle la taza llena.

Solo yo lo oí y, levantando la vista hacia él, vi que se esforzaba por controlar los nervios y que sus ojos eran verdes como los de un gato. Había visto u oído algo que le había afectado mucho, pero ¿qué? No suelo tenerme por torpe, pero debo confesar que nada fuera de lo corriente había llamado mi atención.

Minutos más tarde, la puerta se abrió y apareció Dorcas.

—El señor Wells quiere verlo, señor —le dijo a John.

Recordé que Wells era el nombre del abogado a quien la señora Inglethorp había escrito la noche anterior.

John se levantó de inmediato.

—Hágalo pasar a mi estudio. —Luego se volvió hacia nosotros—. Es el abogado de mi madre. Es también —dijo en voz baja— el juez de instrucción. Ya me entienden. Si quieren acompañarme...

Salimos de la habitación. John iba delante de nosotros y aproveché la oportunidad para murmurar al oído de Poirot:

—¿Va a abrirse una investigación oficial?

Poirot asintió distraído. Parecía tan absorto en sus pensamientos que despertó mi curiosidad.

—¿Qué ocurre? No me está usted escuchando.

—Es cierto, amigo. Estoy preocupado.

—¿Por qué?

—Porque mademoiselle Cynthia no toma azúcar con el café.

—¿Cómo? ¿No hablará usted en serio?

—Claro que hablo en serio. Hay algo que no entiendo. Mi instinto no se equivocó.

—¿Qué instinto?

—El instinto que me llevó a examinar esas tazas de café. ¡Chist! Ahora a callar.

El señor Wells era un hombre agradable, de mediana edad, mirada penetrante y la característica labia de los abogados.

John nos presentó y le explicó la razón de nuestra presencia, justificada por nuestra intervención en el asunto.

—Comprenderá usted, Wells, que todo esto es estrictamente confidencial. Todavía confiamos en que no sea necesaria una investigación.

—De acuerdo, de acuerdo —dijo el señor Wells en tono

conciliador—. Me hubiera gustado ahorrarles el disgusto y la publicidad de una investigación judicial, pero, como es natural, resulta inevitable, faltando el certificado médico.

—Sí, lo supongo.

—Es inteligente, ese Bauerstein. Una autoridad en toxicología, según parece.

—Desde luego —admitió John, con cierta sequedad—. ¿Tendremos que presentarnos como testigos? Quiero decir, todos.

—Usted, por supuesto, y el señor Inglethorp también, claro.

Siguió una breve pausa antes de que el abogado continuara con su tono apaciguador:

—Cualquier otro testimonio será pura formalidad.

—Comprendo.

Una ligera expresión de alivio cruzó el rostro de John. Me sorprendió no darme cuenta del motivo.

—Si no tiene usted nada en contra —prosiguió el señor Wells—, he pensado en el viernes. Así tendremos tiempo para hacer el informe médico. ¿La autopsia se practicará esta noche?

—Sí.

—Entonces ¿le viene bien el viernes?

—Desde luego.

—No necesito decirle, querido Cavendish, lo mucho que me afecta este trágico asunto.

—¿No puede usted ayudarnos a resolverlo, monsieur? —intervino Poirot.

—¿Yo?

—Sí. Hemos oído decir que la señora Inglethorp le escribió anoche. Debe de haber recibido la carta esta mañana.

—Sí, pero no incluye información de interés. Es tan solo una nota pidiéndome que viniera a verla esta mañana, pues quería consejo en un asunto de gran importancia.

—¿No le insinuó de qué se trataba?

—No, por desgracia.

—Es una lástima.

Nos quedamos en silencio. Poirot se perdió en sus pensamientos durante unos minutos. Finalmente, se volvió de nuevo hacia el abogado.

—Señor Wells, me gustaría preguntarle una cosa, si no va contra su ética profesional. Con el fallecimiento de la señora Inglethorp, ¿quién hereda?

El abogado dudó unos segundos y luego replicó:

—Todo esto se sabrá muy pronto, de modo que, si el señor Cavendish no tiene nada que objetar...

—En absoluto.

—Según el último testamento, fechado en agosto del año pasado, después de varios legados sin importancia a criados, etcétera, deja toda su fortuna a su hijastro, el señor John Cavendish.

—Perdone la pregunta, pero ¿no es esta disposición un tanto injusta respecto a su otro hijastro, el señor Lawrence Cavendish?

—No, no lo creo. Según los términos del testamento de su padre, John heredaría la propiedad y Lawrence, a la muerte de su madrastra, recibiría una considerable suma de dinero. La señora Inglethorp dejó su dinero a su hijastro mayor sabiendo que tendría que conservar Styles. A mi modo de ver, es un reparto justo y equitativo.

Poirot asintió pensativo.

—Sí, ya veo. Pero ¿no es cierto que, según la ley inglesa, ese testamento quedaba automáticamente anulado cuando la señora Inglethorp volvió a casarse?

El señor Wells hizo una señal de confirmación.

—Como iba a decir ahora, monsieur Poirot, en la actualidad ese documento no tiene validez alguna.

—*Hein!* ¿La señora Inglethorp sabía que pasaría esto?

—No lo sé. Es probable...

—Lo sabía —intervino John por sorpresa—. Ayer mismo estuvimos discutiendo sobre los testamentos anulados por el matrimonio.

—¡Ah! Otra pregunta, señor Wells. Ha dicho usted «el último testamento». ¿La señora Inglethorp había hecho otros testamentos antes?

—De media, hacía un nuevo testamento como mínimo una vez al año —manifestó el señor Wells imperturbable—. Era propensa a cambiar de opinión respecto a sus disposiciones testamentarias, beneficiando ahora a uno y luego a otro miembro de la familia.

—Supongamos —sugirió Poirot— que, sin saberlo usted, hubiera hecho otro testamento a favor de alguien que no fuera de la familia, digamos, a favor de la señorita Howard, por ejemplo. ¿Le sorprendería?

—En absoluto.

—¡Ah! —Parecía que Poirot no tenía más preguntas.

Me acerqué a él, mientras John y el abogado discutían sobre la conveniencia de revisar los papeles de la señora Inglethorp.

—¿Cree que la señora Inglethorp hizo algún testamento dejando todo su dinero a la señorita Howard?

Poirot sonrió.

—No.

—Entonces ¿por qué lo ha preguntado usted?

—¡Silencio!

John se había vuelto hacia Poirot para preguntarle:

—¿Viene con nosotros, monsieur Poirot? Vamos a revisar los papeles de mi madre. El señor Inglethorp ha decidido confiarnos esa tarea al señor Wells y a mí.

—Eso simplifica mucho las cosas —murmuró el abogado—, ya que legalmente, por supuesto, estaba autorizado a...

No terminó la frase.

—Miraremos primero en el escritorio del gabinete —explicó John—. Después subiremos a su dormitorio. Tenemos que revisar la caja donde guardaba los documentos importantes.

—Sí —dijo el abogado—, es posible que haya en la caja un testamento posterior al que yo tengo.

—Hay un testamento posterior —señaló el detective.

John y el abogado miraron a Poirot alterados.

—¿Qué?

—Mejor dicho —siguió mi amigo, sin perder la calma—, lo había.

—¿Qué quiere usted decir con eso de que «lo había»? ¿Dónde está ahora?

—Quemado.

—¿Quemado?

—Sí. Miren esto.

Mostró el fragmento ennegrecido que había encontrado en la chimenea del dormitorio de la difunta y se lo entregó al abogado, explicándole con brevedad las circunstancias del descubrimiento.

—Quizá se tratara de un testamento antiguo.

—No lo creo. En realidad, estoy casi seguro de que fue redactado ayer por la tarde.

—¿Qué? ¡Imposible! —exclamaron a la vez los dos hombres.

Poirot se dirigió a John.

—Si me permite que mande a buscar a su jardinero, se lo demostraré.

—Claro que sí, pero no veo...

Poirot alzó una mano.

—Haga lo que le digo. Después podrá hacerme cuantas preguntas quiera.

—Muy bien.

Tocó un timbre y Dorcas se presentó de inmediato.

—Dorcas, ¿quiere pedirle a Manning que venga? He de hablar con él.

—Sí, señor.

Esperamos en un silencio tenso. Solo Poirot parecía estar a sus anchas por completo, ya que se dedicó a quitar el polvo de una esquina olvidada de la librería.

Las pisadas de unas botas claveteadas anunciaron la proximidad de Manning. John consultó a Poirot con la mirada y este asintió.

—Entre. Manning, quiero hablar con usted —dijo John.

Manning entró despacio y titubeando a través del ventanal, y se quedó tan cerca de la salida como le fue posible. Llevaba la gorra en la mano y le daba vueltas y más vueltas sin cesar. Iba muy encorvado, aunque con toda probabilidad no era tan viejo como parecía; sus ojos, vivos e inteligentes, contradecían sus palabras, lentas y cautelosas.

—Manning, este señor va a hacerle unas preguntas y quiero que usted le conteste.

—Sí, señor —musitó.

Poirot se acercó enérgico. El jardinero lo observó con un tímido desdén.

—Estaba usted ayer tarde plantando unas begonias en la parte sur de la casa, ¿no es así, Manning?

—Sí, señor, William y yo.

—La señora Inglethorp se acercó a la ventana y los llamó a los dos, ¿verdad?

—Sí, señor.

—Dígame usted exactamente lo que ocurrió después de esto.

—No gran cosa, señor. Ella le dijo a William que tomara la bicicleta y fuera al pueblo a buscar un formulario de testamento o algo por el estilo, no sé bien qué era. Ella se lo escribió en un papel.

—¿Qué más?

—William fue, señor.

—¿Qué ocurrió después?

—Seguimos con las begonias, señor.

—¿No los volvió a llamar la señora Inglethorp?

—Sí, señor, nos llamó a los dos, a William y a mí.

—¿Para qué?

—Nos hizo firmar al final de un papel muy largo, debajo de donde ella había firmado.

—¿Vio usted algo de lo que estaba escrito antes de la firma de ella?

—No, señor; había un trozo de papel secante encima de aquella parte.

—¿Firmaron ustedes donde les dijo?

—Sí, señor. Yo primero y luego William.

—¿Qué hizo ella después con el documento?

—Lo metió dentro de un sobre largo y lo guardó en una caja violeta que había en el escritorio.

—¿Qué hora era cuando los llamó por primera vez?

—Me parece que alrededor de las cuatro, señor.

—¿No sería más temprano? ¿A las tres y media, por ejemplo?

—No, me parece que no, señor. Más bien un poco después de las cuatro, no antes.

—Gracias, Manning, es todo —dijo Poirot muy amable.

El jardinero consultó a su amo con la mirada, John asintió y Manning se retiró por el ventanal, llevándose un dedo a la frente a modo de saludo y murmurando entre dientes algo ininteligible.

Nos miramos unos a otros.

—¡Cielo santo! —musitó John—. ¡Qué coincidencia extraordinaria!

—¿Qué coincidencia?

—Que mi madre hubiera hecho un testamento el mismo día de su muerte.

El señor Wells se aclaró la garganta y observó con frialdad:

—¿Está usted seguro de que es una coincidencia, Cavendish?

—¿Qué quiere decir?

—Su madre, según me han dicho, discutió acaloradamente con alguien ayer por la tarde.

—¿Qué quiere decir? —repitió John. Había cierto temblor en su voz y se había puesto muy pálido.

—Como consecuencia de aquella pelea, su madre, de repente y a toda prisa, hace un nuevo testamento. Nunca sabremos el contenido de ese testamento. No le comentó a nadie sus disposiciones. Sin duda, esta mañana me hubiera consultado el asunto a mí, pero no ha podido hacerlo. El testamento desaparece y ella se lleva el secreto a la tumba. Cavendish, me temo que no es una coincidencia. Monsieur Poirot, estoy seguro de que está usted de acuerdo conmigo en que estos hechos son bastante sugerentes.

—Sugerentes o no —interrumpió John—, estamos muy agradecidos a monsieur Poirot por haber aclarado este punto. De no ser por él, nunca habríamos sabido de la existencia de este último testamento. ¿Puede decirme qué ha sido lo que le ha inducido a sospecharlo?

—Unos garabatos en un sobre usado y un macizo de begonias recién plantado —contestó Poirot sonriente.

Supongo que John hubiera seguido preguntando, pero se oyó el fuerte zumbido del motor de un auto y todos nos acercamos al ventanal y observamos un automóvil que pasaba a toda velocidad.

—¡Evie! —exclamó John—. Perdóneme, Wells.

Salió corriendo al vestíbulo.

Poirot me interrogó con la mirada.

—La señorita Howard —aclaré.

—Ah, me alegro de que haya venido. Esa mujer tiene cabeza y corazón, Hastings, aunque Dios no le haya dado belleza.

Seguí el ejemplo de John y salí al vestíbulo, donde la señorita Howard luchaba por librarse del montón de velos que cubrían su cabeza. Cuando me miró, experimenté un doloroso sentimiento de culpabilidad. Esa mujer me había avisado del peligro y, por desgracia, yo no había tenido en cuenta su advertencia. ¡Qué pronto y con cuánta desconsideración la había olvidado! Me sentí avergonzado al ver justificados sus temores de un modo tan trágico. La señorita Howard conocía bien a Alfred Inglethorp. Me pregunté si los hechos habrían sido los mismos si ella hubiese seguido en Styles. Bajo su mirada vigilante, ¿se habría reprimido el asesino?

Me sentí aliviado cuando me estrechó la mano con aquel apretón doloroso que yo recordaba muy bien. Me miró con tristeza, aunque sin reprocharme nada.

Comprendí, por la hinchazón de sus párpados, que había llorado amargamente, pero sus maneras eran tan ásperas como de costumbre.

—He salido en cuanto he recibido el telegrama. Tuve guardia anoche. He alquilado un auto. Era la manera más rápida de llegar.

—¡Has comido algo esta mañana, Evie? —preguntó John.

—No.

—Lo suponía. Ven, todavía no han retirado el desayuno y pueden hacerte un té. —Me miró—. Ocúpate de ella, Hastings, ¿quieres? Wells me está esperando. Ah, este es monsieur Poirot. Está ayudándonos en este asunto, Evie.

La señorita Howard estrechó la mano de Poirot, pero miró a John por encima del hombro con suspicacia.

—¿Qué quiere decir eso de «ayudándonos»?

—Nos ayuda en la investigación.

—Nada de investigación. ¿Está ya en la cárcel?

—¿En la cárcel? ¡Quién?

—¿Quién? Alfred Inglethorp, por supuesto.

—Querida Evie, ten cuidado, Lawrence cree que ella ha muerto de un ataque al corazón.

—¡Será bobo! —replicó la señorita Howard—. Está claro que Alfred asesinó a la pobre Emily, como no me cansé de advertir.

—Querida Evie, no grites. Por mucho que pensemos o sospechemos, de momento es mejor hablar lo menos posible. La investigación judicial no será hasta el viernes.

—¡Tonterías! —El resoplido de la señorita Howard fue realmente magnífico—. Han perdido la cabeza. Para entonces ese hombre estará fuera del país. Si tiene un mínimo de sentido común, no se va a quedar aquí esperando tan tranquilo a que lo cuelguen.

Cavendish la miró con impotencia.

—Ya sé lo que pasa —le reprochó ella—. Han estado escuchando a los médicos. ¿Qué saben ellos? Nada en absoluto, o solo lo suficiente para que sean peligrosos. Lo sé bien, mi padre era médico. Ese Wilkins es el tonto más redomado que he visto en mi vida. ¡Un ataque al corazón! ¡Qué se puede esperar que diga alguien así! Cualquiera que esté en su sano juicio vería enseguida que su marido la ha envenenado. Siempre he dicho que acabaría asesinándola en su propia cama. ¡Cobarde! Ya lo ha hecho. Y todo lo que se les ocurre decir es que si un ataque al corazón, que si la investigación... Debería darte vergüenza, John Cavendish.

—¿Qué quieres que haga? —preguntó John, sin reprimir una débil sonrisa—. Déjalo, Evie, no puedo arrastrarlo a comisaría agarrado por el pescuezo.

—Bueno, algo tienes que hacer. Descubrir cómo lo hizo. Es un tipo muy astuto. Juraría que usó papel matamoscas. Pregunta a la cocinera si le falta alguno.

Comprendí que albergar bajo el mismo techo a la señorita Howard y a Alfred Inglethorp y mantener la paz entre ellos iba a ser una ardua tarea, y no envidié la posición de John. Por la expresión de su rostro supe que se daba cuenta de lo peliagudo de la situación. Lo primero que hizo fue buscar refugio en la retirada y salió de la habitación precipitadamente.

Dorcas trajo té recién hecho. Cuando se marchó, Poirot

abandonó la ventana junto a la que había permanecido durante todo el tiempo y se sentó, mirando a la señorita Howard.

—Mademoiselle, quisiera hacerle una pregunta.

—Adelante —dijo ella, mirándolo con cierta reprobación.

—Quisiera contar con su ayuda.

—Lo ayudaré con mucho gusto a colgar a Alfred. Aunque la horca sería una muerte demasiado dulce para él. Debería ser arrastrado y descuartizado, como en los buenos tiempos.

—Entonces estamos de acuerdo, porque yo también quiero colgar al criminal.

—¿A Alfred Inglethorp?

—A él o a quien sea.

—No puede ser otro. La pobre Emily no fue asesinada hasta que él llegó. No digo que no estuviera rodeada de tiburones, lo estaba. Pero lo único que les interesaba era su bolsa. Su vida no estaba en peligro. Y entonces viene el señor Alfred Inglethorp y en dos meses, ¡pumba!

—Créame, señorita Howard: si el señor Inglethorp es el hombre que buscamos no se me escapará. Le doy mi palabra de que haré que lo cuelguen del palo más alto.

—Eso es otra cosa —dijo la señorita Howard, con más entusiasmo.

—Pero tengo que pedirle que confíe en mí. Su ayuda puede serme muy valiosa. Le diré por qué: de todos los de la casa, sus ojos son los únicos que han llorado.

La señorita Howard pestañeó y su voz brusca sonó algo distinta.

—Si lo que quiere decir es que la quería, sí, es cierto, la quería. ¿Sabe usted? A su manera, Emily era una vieja egoísta. Era muy generosa, pero siempre buscaba una recompensa. Nunca dejaba que las personas olvidasen lo que había hecho por ellas. Por eso no se hizo querer. No creo que se diera cuenta de ello o echara de menos el cariño, al menos así lo espero. Mi posición era muy distinta. Desde el principio se lo dejé claro. «Le costará tantas libras al año. Pero ni un penique más, ni un par de guantes, ni una entrada al teatro». Ella no lo comprendió. A veces se ofendía. Decía que yo tenía un orgullo estúpido. No era eso, pero no sé cómo explicarlo. De todos modos, mantuve mi autoestima. Por eso, al estar fuera de su campo de acción, fui la única que la quería. Yo la custodiaba, la guardaba de todos ellos. Entonces aparece un granuja con mucha labia y, ¡hala!, todos mis años de devoción se van al traste.

—Comprendo, mademoiselle, comprendo todo lo que usted siente. Es natural. Usted cree que nos falta fuego y energía, pero no es así, créame.

John asomó la cabeza y nos invitó a subir al dormitorio de la señora Inglethorp. Él y el señor Wells habían terminado de revisar el escritorio.

Mientras subíamos la escalera, John volvió la vista hacia el comedor y dijo en tono confidencial:

—Oigan, ¿qué va a pasar cuando se encuentren esos dos?

Moví la cabeza como única respuesta.

—Le he dicho a Mary que haga todo lo posible por mantenerlos separados.

—¿Lo conseguirá?

—Solo Dios lo sabe. Claro que el señor Inglethorp tampoco estará ansioso de encontrarse con ella.

—Tiene usted las llaves, ¿verdad, Poirot? —pregunté cuando llegamos a la puerta cerrada del dormitorio.

John tomó las llaves que le ofreció Poirot, abrió la puerta y entramos. El abogado fue directamente al escritorio y John lo siguió.

—Mi madre guardaba buena parte de sus papeles importantes en esta caja, creo.

Poirot sacó el pequeño manojo de llaves.

—Permítame. La he cerrado esta mañana por precaución.

—Pues ahora no está cerrada.

—¡Imposible!

—Mire.

John levantó la tapa mientras hablaba.

—*Mille tonnerres!* —gritó Poirot confundido—. Pero ¡si tenía las llaves en el bolsillo! —Se precipitó sobre la caja. De pronto se puso rígido—. *Et voilà une affaire!* ¡La cerradura ha sido forzada!

—¿Qué?

Poirot dejó la caja en su sitio.

—¿Quién la ha forzado? ¿Por qué? ¿Cuándo? ¡Si la puerta estaba cerrada! —exclamamos, sin orden ni concierto.

Poirot contestó categóricamente, casi sin pensar:

—¿Quién? Ahí está el problema. ¿Por qué? ¡Ah! Si lo supiera... ¿Cuándo? Después de que yo me marchase de aquí hace una hora. En cuanto a que la puerta estuviera cerrada, la cerradura es muy corriente. Con toda probabilidad, la abriría cualquiera de las llaves de las puertas que dan al pasillo.

Nos miramos unos a otros embobados. Poirot se había acercado a la chimenea, donde se puso a ordenar los diversos objetos colocados en la repisa. Aparentaba tranquilidad, pero me fijé en que le temblaban las manos.

—Miren, aquí ha sucedido lo siguiente —dijo al fin—. Algo había en esa caja, alguna prueba, quizá de poca importancia, pero bastaba para relacionar al asesino con el crimen. Para él era vital destruirla antes de que la descubriéramos y comprendiéramos su significado. Por eso corrió el riesgo, el enorme riesgo de entrar aquí. Como la caja estaba cerrada, tuvo que forzarla, denunciando así su presencia. Para que se haya arriesgado de ese modo debía de ser algo muy importante.

—¿Qué era?

—¡Ah! —gritó Poirot con gesto airado—. ¡Eso no lo sé! Sin duda, un documento, posiblemente el trozo de papel que Dorcas vio en sus manos ayer por la tarde. —Su ira estalló con fuerza—. Y yo, ¡estúpido de mí!, sin sospecharlo. ¡Me he portado como un imbécil! No debería haber dejado aquí la caja. Debería habérmela llevado conmigo. ¡Inocente, ingenuo! Y ahora el papel ha desaparecido. Lo habrán destruido. ¿O quizá no? Si hay una posibilidad, debemos aprovecharla.

Se precipitó fuera de la habitación como un verdadero poseso. Tardé unos segundos en recuperarme y salir tras él, pero cuando llegué a la escalera ya no lo vi.

Mary Cavendish estaba en el rellano de la escalera. Miraba con los ojos muy abiertos hacia el vestíbulo, por donde Poirot había desaparecido.

—¿Qué le ha ocurrido a su extraordinario amigo, señor Hastings? Ha pasado por mi lado corriendo como un caballo desbocado.

—Algo le preocupa —contesté, sin muchos ánimos. En realidad, no sabía si Poirot quería que se conocieran los últimos acontecimientos. Al ver el esbozo de una sonrisa en el rostro de la muchacha cambié de tema—: ¿Todavía no se han encontrado?

—¿Quiénes?

—El señor Inglethorp y la señorita Howard.

Me miró de un modo desconcertante.

—¿Cree que sería un desastre tan grande si se encontrasen?

—¿Usted no?

—No. Me gustaría presenciar un buen arrebato de cólera. Purificaría la atmósfera. Hasta ahora todos pensamos mucho y decimos muy poco.

—John no opina igual. Quiere evitar a toda costa que se encuentren.

—¡Ah, John!

—¡John es un chico estupendo! —repliqué, porque me pareció notar cierto tono de crítica.

Me observó con curiosidad durante un minuto o dos y al final dijo, para mi sorpresa:

—Es usted fiel a su amigo. Por eso me cae bien.

—¿Usted no es amiga mía?

—Yo soy una mala amiga.

—¿Por qué dice eso?

—Porque es cierto. Soy encantadora con mis amigos un día y al siguiente los olvido casi por completo.

No sé qué me empujó a ello, pero estaba enojado e hice una observación muy tonta y del peor gusto:

—Con Bauerstein, sin embargo, siempre es usted encantadora.

Me arrepentí de mis palabras en el acto. Su rostro se endureció. Tuve la impresión de que una cortina de acero ocultaba su verdadera personalidad. Sin una palabra, se volvió y se fue a toda prisa escaleras arriba, mientras yo me quedaba como un idiota, mirándola boquiabierto.

Un terrible alboroto en la planta baja me hizo volver a la realidad. Poirot hablaba a gritos y daba toda clase de explicaciones. Me irritó pensar que mi discreción había sido inútil. Poirot parecía querer ganarse la confianza de todos los de la casa, un procedimiento que, personalmente, puse en tela de juicio. Una vez más, lamenté que mi amigo fuera tan propenso a perder la cabeza en momentos de excitación. Bajé la escalera deprisa. Al verme, Poirot se calmó de inmediato. Me lo llevé aparte.

—Amigo mío, ¿le parece prudente lo que hace? ¿No querrá que toda la casa se entere del asunto? Está usted siguiendo el juego al criminal.

—¿Eso cree, Hastings?

—Estoy seguro.

—Bueno, bueno, amigo mío, me dejaré guiar por usted.

—Bien. Aunque, por desgracia, es un poco tarde.

—Cierto.

Se lo veía tan cabizbajo y avergonzado que lamenté lo que había dicho, aunque seguía pensando que mi reprimenda había sido justa y sensata.

—Bien —dijo al fin—, vámonos, *mon ami*.

—¿Ha terminado aquí?

—Por ahora, sí. ¿Me acompaña hasta el pueblo?

—Con mucho gusto.

Tomó el maletín y salimos por el ventanal del salón; Cynthia entraba en aquel momento y Poirot se hizo a un lado para dejarla pasar.

—Perdone, mademoiselle, ¿tiene un minuto?

—Dígame —respondió la muchacha volviéndose.

—¿Ha preparado alguna vez las medicinas de la señora Inglethorp?

Un tinte rosa coloreó sus mejillas y dijo a regañadientes:

—No.

—¿Solo el somnífero?

El rubor de Cynthia se acentuó.

—¡Ah! Sí, una vez le preparé un somnífero.

—¿Este?

Poirot le mostró la caja vacía.

Ella asintió.

—¿Puede decirme qué era? ¿Sulfonal? ¿Veronal?

—No, eran polvos de bromuro.

—¡Ah! Gracias, mademoiselle, buenos días.

Mientras nos alejábamos a buen paso, lo miré una vez más. Ya había observado que, con frecuencia, cuando algo lo excitaba, sus ojos se volvían verdes como los de los gatos. Ahora brillaban como esmeraldas.

—Amigo mío, tengo una idea —anunció—. Es una idea muy extraña y quizá completamente absurda, pero encaja.

Me encogí de hombros. Pensé que Poirot era demasiado aficionado a esas ideas fantásticas. En el caso que nos ocupaba, la verdad era sencilla y patente.

—Así que esa era la explicación de la etiqueta en blanco de la caja. Muy sencillo, como usted dijo. Me extraña que no se me haya ocurrido a mí.

Poirot parecía no escucharme.

—Han hecho otro descubrimiento, *là-bas* —observó, señalando con el dedo en dirección a Styles—. El señor Wells me lo ha dicho cuando subíamos.

—¿De qué se trata?

—Dentro del escritorio del gabinete han encontrado un testamento de la señora Inglethorp, fechado antes de su matrimonio, en el que deja su fortuna a Alfred Inglethorp. Debió de redactarlo cuando se prometieron. Fue una completa sorpresa para Wells y también para John. Estaba escrito en uno de esos papeles impresos y firmaron como testigos dos de los criados, Dorcas no.

—El señor Inglethorp ¿conocía la existencia de ese testamento?

—Él dice que no.

—Lo dudo —observé con escepticismo—. Todos estos testamentos son muy confusos. Dígame, ¿cómo ha deducido por aquellas palabras garabateadas en el sobre que hemos encontrado que se había hecho un testamento ayer por la tarde?

—*Mon ami*, ¿nunca le ha pasado que está escribiendo una carta y de repente se da cuenta de que no sabe cómo se escribe una palabra?

—Sí, me ha ocurrido con frecuencia, como a todo el mundo.

—Exacto. En ese caso, ¿no ha escrito usted la palabra una o dos veces en el borde del secante o en un trozo de papel para ver si es correcta? Pues bien, eso es lo que hizo la señora Inglethorp. Fíjese en que la palabra *posesión* está escrita primero con una *s* y después las tres veces con dos *s*, correctamente. Para asegurarse formó una frase completa: «Estoy en posesión». Pues bien, ¿de qué me ha servido eso? Me ha hecho caer en la cuenta de que la señora Inglethorp estuvo escribiendo la palabra *posesión* aquella tarde y, recordando el trozo de papel que hemos encontrado en la chimenea, enseguida se me ha ocurrido la idea de un testamento, documento donde es más que probable encontrar dicha palabra. Esta posibilidad se ha visto confirmada por otra circunstancia. Esta mañana, con la confusión general, no han barrido el gabinete, y cerca del escritorio había huellas de barro. El tiempo ha sido muy bueno desde hace días y ningún calzado corriente hubiera dejado unos pegotes de tierra así. Me he acercado a la ventana y he visto que los parterres de begonias acababan de ser plantados. La tierra de los parterres era idéntica a la que había en el suelo del gabinete y usted me ha dicho que los plantaron ayer por la tarde. Entonces he tenido la seguridad de que uno, o quizá los dos jardineros, habían entrado en el gabinete, pues había dos hileras de pisadas en el parterre. Si la señora Inglethorp solo hubiera querido hablar con ellos, lo habría hecho desde la puerta o desde la ventana. Entonces me he dado cuenta de que había redactado un testamento y los jardineros actuaron como testigos. Los hechos prueban que mi suposición era cierta.

—Muy ingenioso —admití—. Debo confesar que las conclusiones a las que he llegado a partir de las palabras del sobre son erróneas por completo.

Poirot sonrió.

—Ha dado rienda suelta a su imaginación. La imaginación es buena criada, pero mala ama. La explicación más sencilla es siempre la más probable.

—Otra cosa. ¿Cómo ha sabido usted que la llave de la caja de documentos se había perdido?

—No lo sabía. Ha sido una suposición que ha resultado acertada. Ya ha visto usted que tenía un trozo de alambre retorcido. Eso me ha sugerido que posiblemente había sido arrancada de uno de los llaveros. Ahora bien, si la llave se hubiera perdido y la hubiesen vuelto a encontrar, la señora Inglethorp la habría puesto de inmediato en el manojo, con las demás; pero la que estaba con las demás era un duplicado de la llave, muy nueva y brillante. Por eso he supuesto que alguien había puesto la llave original en la cerradura de la caja.

—Sí —dije—. Alfred, sin duda.

Poirot me miró con curiosidad.

—¿Está del todo seguro de su culpabilidad?

—¡Por supuesto! Cada nuevo descubrimiento parece confirmarlo más.

—Al contrario —me replicó en voz baja—. Hay varios puntos a su favor.

—¡Vamos, Poirot!

—Sí.

—Yo solo veo uno.

—¿Cuál?

—Que anoche no estaba en casa.

—¡«Mala puntería»!, como dicen los ingleses. En mi opinión, ha ido a escoger la circunstancia que más lo perjudica.

—¿Por qué?

—Porque si el señor Inglethorp hubiera imaginado que su mujer iba a ser envenenada anoche, se las habría arreglado para estar fuera de casa. Es obvio que su disculpa está amañada, lo que nos deja dos posibilidades: o sabía lo que iba a ocurrir, o tenía una razón personal para ausentarse.

—¿Qué razón? —pregunté escéptico. Poirot se encogió de hombros.

—¿Cómo voy a saberlo? Sin duda, algo vergonzoso. El señor Inglethorp me parece un sinvergüenza, pero eso no lo convierte en un asesino.

Meneé la cabeza sin dejarme convencer.

—No está usted de acuerdo conmigo, ¿verdad? —dijo

Poirot—. Bueno, dejemos esto. El tiempo dirá quién tiene razón. Vamos a examinar otros aspectos del caso. ¿Cómo interpreta usted el hecho de que todas las puertas del dormitorio estuvieran cerradas por dentro?

—Eso hay que considerarlo ante todo con lógica.

—Eso es.

—Yo lo explicaría así. Las puertas estaban cerradas, lo hemos visto con nuestros propios ojos. Sin embargo, la mancha de cera en el suelo y la destrucción del testamento demuestran que alguien entró durante la noche. ¿Está usted de acuerdo conmigo?

—Por completo. Lo expone con claridad. Continúe.

—Bien. Como la persona no entró en el dormitorio por la ventana ni podía atravesar las paredes, está claro que la puerta la abrió la señora Inglethorp. Otra prueba más de que la persona en cuestión era su marido. Por supuesto, ella no hubiera dejado de abrirle la puerta a su propio marido.

Poirot movió la cabeza.

—¿Por qué iba a hacerlo? La señora Inglethorp, contra su costumbre, había cerrado la puerta de comunicación entre sus habitaciones y aquella tarde había discutido acaloradamente con él. No, hubiera abierto a cualquiera antes que a su marido.

—Pero ¿está usted de acuerdo conmigo en que la puerta la debió de abrir la propia señora Inglethorp?

—Hay otra posibilidad. Pudo haber olvidado cerrar la puerta del pasillo cuando se fue a la cama y levantarse más tarde, de madrugada, para cerrarla.

—Poirot, ¿está seguro de lo que dice?

—No, no digo que haya sido así, pero cabe esa posibilidad. ¿Qué opina de las palabras que alcanzó a oír entre la señora Cavendish y su suegra?

—Lo había olvidado —admití pensativo—. Siguen siendo un enigma. Parece increíble que una mujer como la señora Cavendish, tan orgullosa y reservada, haya tratado de entrometerse con tanta energía en algo que no le incumbía.

—Exacto. No es habitual en una mujer de su educación.

—Muy extraño. De todos modos, no tiene importancia y no debemos tenerlo en cuenta.

Poirot lanzó un gruñido.

—¿Qué es lo que siempre le he dicho? Todo debe tenerse en cuenta. Si un hecho no encaja en la teoría, abandone la teoría.

—Bueno, ya veremos.

—Eso es, ya veremos.

Habíamos llegado a Leastways Cottage y Poirot me condujo escaleras arriba hasta su habitación. Me ofreció uno de los cigarrillos rusos que fumaba de vez en cuando. Me hizo gracia verlo colocar los fósforos con cuidado en un tarro de porcelana. Se esfumó mi pequeño enojo.

Poirot había colocado nuestras sillas frente a la ventana abierta, que daba a la calle del pueblo. El aire que entraba era puro, tibio y agradable. Iba a ser un día caluroso.

De pronto llamó mi atención un joven de aspecto enfermizo que bajaba la calle a paso muy rápido. Lo extraordinario en él era su expresión, en la que se mezclaban la agitación y el terror.

—¡Mire, Poirot!

Poirot se inclinó sobre la ventana.

—*Tiens!* Es el señor Mace, de la farmacia. Viene hacia aquí.

El joven se detuvo delante de Leastways Cottage y, tras dudar un instante, llamó a la puerta.

—¡Un momento! —gritó Poirot desde la ventana—. ¡Ya voy!

Me indicó con un gesto que lo siguiera, bajó la escalera corriendo y abrió la puerta. Mace empezó a hablar en el acto.

—Monsieur Poirot, siento molestarlo, pero he oído decir que acaban de llegar ustedes de la casa.

—En efecto.

El joven se humedeció los labios resecos. Su rostro mostraba una extraña agitación.

—Todo el pueblo habla de la repentina muerte de la señora Inglethorp. Dicen... —bajó la voz precavido—, dicen que ha sido envenenada.

Poirot se mantuvo impasible.

—Solo los médicos pueden decirlo, señor Mace.

—Sí, claro, desde luego.

El joven titubeaba y la tensión fue demasiada para él. Sujetó a Poirot por un brazo.

—Dígame solo una cosa, monsieur Poirot; no sería..., no fue con estricnina, ¿verdad?

No oí bien lo que respondió Poirot. Sin duda, algo que no resultara comprometedor.

El joven se marchó y la mirada de Poirot se encontró con la mía mientras cerraba la puerta.

—Sí —dijo con voz grave—. Tiene algo que declarar en la investigación.

Subimos de nuevo poco a poco.

Iba a empezar a hablar, pero Poirot me detuvo con un gesto de la mano.

—Ahora no, ahora no, *mon ami.* Tengo que pensar. Tengo las ideas desordenadas. Debo concentrarme.

Durante unos diez minutos permaneció en el más absoluto silencio, inmóvil, a no ser por ciertos movimientos expresivos de las cejas; sus ojos pasaron a ser cada vez más verdes. Al fin suspiró profundamente.

—Ya está. Pasó la pesadilla. Ahora todo está ordenado y clasificado. Nunca debemos dejar que reine la confusión. No es que el caso esté claro, todavía no. ¡Es de los más complicados! ¡Me desconcierta a mí, a mí, a Hércules Poirot! Pero hay dos hechos significativos.

—¿Cuáles son?

—El primero, el tiempo que hizo ayer. Es muy importante.

—Pero ¡si fue un día maravilloso! ¡Me está tomando el pelo!

—En absoluto. El termómetro marcaba ayer cerca de veintisiete grados a la sombra. No lo olvide, amigo mío, ¡ahí está la clave del enigma!

—¿Cuál es el otro detalle?

—Que el señor Inglethorp viste trajes muy extraños, lleva barba negra y usa lentes.

—Poirot, no puedo creer que esté hablando en serio.

—Completamente en serio, amigo mío.

—Pero ¡esto es infantil!

—No, es trascendental.

—Suponiendo que el jurado pronuncie un veredicto de asesinato premeditado contra Alfred Inglethorp, ¿adónde irán a parar sus teorías?

—No se debilitarán porque doce estúpidos cometan un error. Pero eso no sucederá. En primer lugar, porque un jurado rural no querrá tomar decisiones de gran responsabilidad y, a todos los efectos, el señor Inglethorp ocupa la posición del señor del lugar. Además —añadió con placidez—, yo no lo permitiré.

—¿Usted no lo permitirá?

—No.

Lo miré entre irritado y divertido. Estaba muy seguro de sí mismo. Como si leyera mis pensamientos, insistió con dulzura:

—Sí, sí, *mon ami*, haré lo que le digo.

Se levantó y me puso una mano sobre el hombro. Su fisonomía había sufrido un cambio radical. Las lágrimas empañaron sus ojos.

—Ya ve usted, me acuerdo de la pobre señora Inglethorp, que está muerta. No es que fuera muy apreciada, no; pero ha sido muy buena con nosotros, los belgas, y estoy en deuda con ella.

Traté de interrumpirlo, pero Poirot prosiguió:

—Déjeme que le diga algo, Hastings. La pobre señora Inglethorp nunca me perdonaría si yo permitiera que detuviesen a su marido en estas circunstancias, y más cuando una palabra mía puede salvarlo.

6

Investigación judicial

En el tiempo que transcurrió hasta la celebración de la vista preliminar, Poirot desplegó una actividad inagotable. En dos ocasiones se encerró con el señor Wells. También dio largos paseos por el campo. Me molestó que no me confiase sus ideas, en especial porque no podía sospechar qué se traía entre manos.

Se me ocurrió que quizá hubiera visitado la granja de Raikes. De modo que, cuando el miércoles por la tarde me acerqué a Leastways Cottage y él no estaba, recorrí los campos cercanos a la granja con la esperanza de encontrarlo. Pero no había el menor rastro de Poirot y no me decidí a ir directamente a casa de Raikes. Abandoné la búsqueda y ya me alejaba del lugar cuando me topé con un viejo campesino que me miró de reojo.

—Es usted de la mansión, ¿verdad? —preguntó.

—Sí. Estoy buscando a un amigo mío y pensé que podía haber tomado esta dirección.

—¿Un tipo pequeño, que mueve mucho las manos al hablar? ¿Uno de los belgas que están en el pueblo?

—Sí. ¿Ha estado aquí?

—Oh, sí, ¡claro que ha estado aquí, y más de una vez! ¿Es amigo suyo? ¡Ustedes, los señoritos de la mansión, son una buena pandilla de...! —dijo, y siguió mirándome con una expresión cada vez más maliciosa.

—¿Es que los señores de la mansión vienen aquí con

frecuencia? —pregunté, con tanta indiferencia como me fue posible.

Me guiñó un ojo con astucia.

—Uno sí que viene. No digo nombres. ¡Un caballero muy generoso! ¡Oh, gracias, señor! Sí, estoy seguro.

Me alejé a paso vivo. ¡De modo que Evelyn Howard tenía razón! Experimenté una fuerte sensación de desagrado al pensar en la generosidad de Alfred Inglethorp con el dinero de otra mujer.

¿Estaría aquella pícara joven implicada hasta el fondo en el crimen, o el móvil sería el dinero? Con toda probabilidad, ambas cosas.

Había un punto que parecía obsesionar a Poirot: en un par de ocasiones me había sugerido que Dorcas quizá se equivocase al afirmar la hora de la discusión. Varias veces insinuó a la criada que eran las cuatro y media, y no las cuatro, cuando oyó las voces.

Pero Dorcas seguía diciendo que fue a las cuatro. Había pasado una hora, o quizá más, entre el momento en que había escuchado las voces y las cinco de la tarde, cuando le había servido el té a su señora.

La vista tuvo lugar el viernes en Stylites Arms, el hotel del pueblo. Poirot y yo nos sentamos juntos, ya que éramos de los pocos que no teníamos que prestar declaración.

Se cumplieron las diligencias preliminares. El jurado reconoció el cadáver, identificado por John Cavendish.

John explicó que se había despertado a primera hora de la madrugada y descubrió cuáles fueron las circunstancias de la muerte de su madre.

A continuación, le tocó el turno al dictamen médico. Se hizo un silencio absoluto y todos los ojos se fijaron en el famoso especialista de Londres, reconocido como una de las mayores autoridades en toxicología del momento.

Con pocas palabras, resumió el resultado de la autopsia.

Despojada su declaración de los tecnicismos y de la fraseología médica, determinó que la señora Inglethorp había sido envenenada con estricnina. A juzgar por la cantidad encontrada, debía de haber ingerido no menos de medio gramo, pero con toda probabilidad incluso más de un gramo de esa sustancia.

—¿Cabe la posibilidad de que haya tomado el veneno por accidente? —preguntó el juez de instrucción.

—Es muy improbable. La estricnina no se emplea para uso doméstico, como otros venenos, y se vende con receta.

—¿No encontró nada en su examen que le indicara cómo fue administrado el veneno?

—No.

—Creo que usted llegó a Styles antes que el doctor Wilkins, ¿verdad?

—Así es. Me encontré con el auto en la puerta del parque y corrí a la casa.

—¿Quiere decirnos exactamente lo que ocurrió después?

—Entré en la habitación de la señora Inglethorp. En aquel momento sufría las típicas convulsiones tetánicas. Se volvió hacia mí y dijo de forma entrecortada: «¡Alfred! ¡Alfred!».

—¿Pudo haberle sido administrada la estricnina con el café que le había llevado su marido poco después de cenar?

—Es posible, pero la estricnina es una droga de acción bastante rápida. Los síntomas aparecen una hora o dos después de ser ingerida. Su acción solo se retarda bajo ciertas condiciones, que no se dan en este caso. Supongo que la señora Inglethorp se bebió el café a eso de las ocho y los síntomas no se manifestaron hasta primera hora de la madrugada, lo que indica que tomó la droga mucho después de las ocho.

—La señora Inglethorp tenía la costumbre de tomar una taza de cacao durante la noche. ¿Pudo administrársele la estricnina con él?

—No. Recogí un poco de cacao que quedaba en el cazo y lo hice analizar. No contenía estricnina.

Oí la risa de Poirot.

—¿Cómo lo supo usted? —dije en un susurro.

—Escuche, Hastings.

—En realidad —continuó el médico—, me hubiera sorprendido encontrar estricnina.

—¿Por qué?

—Sencillamente, porque la estricnina tiene un sabor muy amargo. Llega a notarse en una solución de uno entre setenta mil y solo puede disimularse con alguna sustancia de sabor muy fuerte. El cacao no cumple esta condición.

Un miembro del jurado quiso saber si eso también podía aplicarse al café.

—No. El café tiene un sabor amargo que es posible que anulara el de la estricnina.

—Entonces ¿considera más probable que la droga fuera administrada con el café pero que, por alguna razón desconocida, su acción se retrasó?

—Sí, pero como la taza estaba hecha añicos, no pudo cuantificarse su contenido.

Con esto terminó la declaración del doctor Bauerstein. El doctor Wilkins la corroboró. Rechazó terminantemente la posibilidad de un suicidio. La muerta, dijo, tenía el corazón débil, pero por lo demás disfrutaba de buena salud y era de carácter alegre y equilibrado. Era la última persona que hubiera pensado en quitarse la vida.

A continuación llamaron a Lawrence Cavendish. Su declaración no tuvo interés, pues se limitó a repetir la de su hermano. En el momento en que se retiraba, se detuvo y dijo titubeando:

—¿Puedo señalar algo que creo de utilidad?

Miró con una expresión de súplica al juez de instrucción, quien le respondió con un tono enérgico.

—Por supuesto, señor Cavendish. Estamos aquí para

averiguar la verdad, y cualquier declaración que nos ayude a conseguirlo será bien recibida.

—Es solo una idea mía. Quizá me equivoque, por supuesto, pero me parece que la muerte de mi madre puede explicarse por medios naturales.

—¿Cómo se la explica usted, señor Cavendish?

—Mi madre, desde un tiempo antes de su muerte, había estado tomando un tónico que contenía estricnina.

—¡Ah! —dijo el juez de instrucción.

Los jurados levantaron la vista interesados.

—Creo —continuó Lawrence— que se han dado casos en los que el efecto acumulativo de una droga, tomada durante algún tiempo, ha terminado por producir la muerte. ¿No podría ser que hubiera tomado por equivocación una dosis exagerada de la medicina?

—Es la primera vez que oímos decir que la muerta tomaba estricnina como tratamiento. Se lo agradecemos, señor Cavendish.

El doctor Wilkins fue llamado de nuevo a declarar y se burló de esa idea.

—Lo que sugiere el señor Cavendish es del todo imposible. Cualquier médico le diría a usted lo mismo. La estricnina es, en cierto sentido, un veneno acumulativo, pero es imposible que la muerte sobreviniera tan de repente. Tendría que haberse dado un largo período de síntomas crónicos que hubieran llamado enseguida mi atención. Es absurdo.

—¿Qué pasa con la segunda suposición? ¿No pudo la señora Inglethorp ingerir una dosis excesiva por equivocación?

—Ni tres ni cuatro dosis le hubieran producido la muerte. La señora Inglethorp siempre tenía preparada una gran cantidad de medicinas porque era cliente de Coot's, la farmacia de Tadminster. Habría tenido que tomarse casi todo el frasco para que se explicara la cantidad de estricnina encontrada en la autopsia.

—¿Cree usted que debemos desechar la idea de que el tónico haya podido ser la causa de la muerte?

—Desde luego. La suposición es ridícula.

El mismo miembro del jurado que lo había interrumpido antes sugirió que el farmacéutico que había preparado la medicina podía haber cometido un error.

—Es evidente que siempre cabe esa posibilidad —replicó el doctor.

Dorcas, que fue llamada a continuación a declarar, también desmintió tal posibilidad: la medicina no había sido preparada hacía poco. Al contrario, la señora Inglethorp había tomado la última dosis el día de su muerte.

De ese modo, la idea del tónico al final fue abandonada y el juez de instrucción prosiguió su tarea. Después de escuchar cómo Dorcas declaraba que la despertó la violenta llamada de la campanilla de la señora y que, acto seguido, puso en pie al resto de la casa, pasó al tema de la discusión de la noche anterior.

La declaración de Dorcas a este respecto fue sustancialmente la misma que Poirot y yo ya habíamos oído, así que no la repito.

El siguiente testigo fue Mary Cavendish. Se mantuvo muy firme y habló con voz baja, clara y muy tranquila. En respuesta a una pregunta del juez de instrucción, dijo que el despertador había sonado a las cuatro y media de la madrugada, como de costumbre, y que estaba vistiéndose cuando la sobresaltó el ruido de la caída de algo pesado.

—Debió de ser la mesita que está junto a la cama —comentó el juez de instrucción.

—Abrí la puerta —continuó Mary— y escuché. A los pocos minutos la campanilla sonó con violencia. Dorcas vino corriendo y despertó a mi marido, y todos juntos fuimos al dormitorio de mi suegra, pero estaba cerrado.

El juez de instrucción la interrumpió.

—Creo que no necesitaremos molestarla más acerca de

ese punto. Sabemos todo lo que necesitamos sobre los hechos que ocurrieron después, pero le agradecería mucho que nos contara lo que oyó respecto a la discusión del día anterior.

—¿Yo?

En su tono se advertía cierta insolencia. Se arregló con la mano el volado de encaje del cuello y giró un poco la cabeza al hacerlo. «¡Está ganando tiempo!», me dije.

—Sí —continuó el juez de instrucción, remarcando las palabras—; ya sé que estaba usted sentada leyendo en el banco junto a la ventana del gabinete. ¿No es así?

La noticia era nueva para mí; miré a Poirot de reojo e imaginé que también lo era para él.

Hubo una pausa muy breve, solo un instante de duda, antes de que contestara.

—Sí, así es.

—La ventana del gabinete estaba abierta, ¿no es cierto?

Palideció un poco al contestar.

—Sí.

—Entonces pudo oír la conversación, teniendo en cuenta que hablaban alto, enojados. En realidad, desde donde estaba usted tenía que oírse aún mejor que desde el vestíbulo.

—Es posible.

—¿Quiere repetirnos lo que oyó de la discusión, si es que lo recuerda?

—La verdad es que no recuerdo haber oído nada.

—¿Quiere usted decir que no oyó las voces?

—¡Oh! Sí, oí voces. Pero no escuché lo que decían. —Las mejillas se le colorearon ligeramente—. No tengo la costumbre de escuchar conversaciones privadas.

—¿No recuerda usted nada en absoluto? —insistió el juez de instrucción—. ¿Nada, señora Cavendish? ¿Ni siquiera una palabra o una frase perdida que le indicaran que se trataba de un asunto privado?

La señora Cavendish hizo una pausa y pareció reflexionar. Su semblante mantenía la serenidad de costumbre.

—Sí, recuerdo que la señora Inglethorp dijo algo, no sé muy bien qué, acerca de provocar un escándalo entre marido y mujer.

—¡Ah! —El juez de instrucción se echó hacia atrás satisfecho—. Eso concuerda con lo que escuchó Dorcas. Pero perdóneme, señora Cavendish. ¿No se marchó usted de allí cuando se dio cuenta de que se trataba de una conversación personal? ¿Permaneció donde estaba?

Sorprendí un fulgor momentáneo en los dorados ojos de Mary Cavendish. Comprendí que de buena gana hubiera hecho pedazos al picapleitos por sus insinuaciones, pero contestó sin perder la calma:

—No, estaba a gusto allí. Me concentré en la lectura.

—¿Es todo lo que puede decirnos?

—Todo.

El interrogatorio de Mary finalizó, aunque dudo que el juez de instrucción quedara satisfecho por completo. Creo que sospechó que la testigo podría haber dicho bastante más si hubiera querido. Amy Hill, dependienta de la papelería, fue llamada a continuación y declaró haber vendido a William Earl un formulario de testamento la tarde del día 17.

William Earl y Manning la sucedieron y declararon haber firmado un documento como testigos. Manning fijó la hora en las cuatro y media más o menos; William sostuvo que debió de ser un poco antes.

Después llamaron a Cynthia Murdoch. Tenía poco que decir. No supo nada de la tragedia hasta que la señora Cavendish la despertó.

—¿No oyó usted nada cuando cayó la mesita?

—No, estaba profundamente dormida.

—El sueño de los justos —observó el juez de instrucción, con una sonrisa—. Gracias, señorita Murdoch, eso es todo.

—¡La señorita Howard!

La señorita Howard mostró la carta que le había escrito la señora Inglethorp la tarde del 17. Poirot y yo, por supuesto, ya la habíamos visto. No aportó nada nuevo a lo que ya sabíamos sobre la tragedia. Reproduzco a continuación el contenido de la carta:

17 de julio. Styles Court, Essex

Querida Evelyn:

¿Quieres que hagamos las paces? Me ha costado mucho olvidar lo que dijiste de mi querido esposo, pero soy una vieja que te tiene mucho afecto. Con todo el cariño,

EMILY INGLETHORP

La carta fue entregada al jurado, que la examinó con atención.

—Me parece que no nos ayuda mucho —opinó el juez de instrucción, suspirando—. No menciona los acontecimientos de aquella tarde.

—Para mí está tan claro como la luz del día —afirmó la señorita Howard cortante—. Esta carta demuestra que mi pobre amiga acababa de darse cuenta de que había hecho el ridículo.

—En la carta no se dice nada por el estilo.

—No, porque Emily nunca reconocería haberse equivocado. Pero yo la conocía. Quería que volviera. Estaba claro que no iba a reconocer que yo tenía razón. Esquivaba la cuestión. Como la mayoría. También a mí me costaba creerlo.

El señor Wells esbozó una sonrisa, al igual que algunos miembros del jurado. La señorita Howard debía de ser todo un personaje.

—De todos modos, toda esta payasada es perder el tiempo —continuó la señora, mirando al jurado con desprecio—. ¡Hablar, hablar, hablar! Todos sabemos muy bien...

El juez de instrucción la interrumpió angustiado:

—Gracias, señorita Howard. Eso es todo.

Supongo que suspiraría aliviado al ver que la señorita Howard obedecía.

Entonces llegó la sensación del día. Wells llamó a declarar a Albert Mace, el dependiente de la farmacia.

Era nuestro nervioso joven de rostro pálido. En respuesta a las preguntas del juez de instrucción, explicó que era farmacéutico graduado y que trabajaba en esa farmacia hacía poco, desde que fue llamado a filas el dependiente anterior.

Concluidos los preliminares, Wells no perdió el tiempo.

—Señor Mace, ¿ha vendido últimamente estricnina a alguna persona no autorizada?

—Sí, señor.

—¿Cuándo fue eso?

—El lunes pasado, por la noche.

—¿El lunes? ¿No fue el martes?

—No, señor. Fue el lunes 16.

—¿Quiere hacer el favor de decirme a quién se la vendió?

Se hubiera podido oír el vuelo de una mosca.

—Sí, señor. Se la vendí al señor Inglethorp.

Todas las miradas se volvieron a la vez hacia el lugar donde se sentaba Alfred Inglethorp, inexpresivo e impasible. Sufrió un ligero sobresalto cuando el joven pronunció las palabras que lo acusaban. Pensé que se levantaría de la silla, pero permaneció sentado, aunque en su rostro apareció una bien fingida expresión de asombro.

—¿Está usted seguro de lo que dice? —preguntó el juez de instrucción, con un tono muy severo.

—Del todo, señor.

—¿Tiene usted la costumbre de despachar estricnina tan a la ligera?

El desventurado joven estaba cada vez más incómodo ante el ceño fruncido del juez de instrucción.

—No, señor. ¡Claro que no! Pero, tratándose del señor Inglethorp, de la mansión, creí que no había peligro. Dijo que era para envenenar a un perro.

Comprendí su actitud.

Era muy humano tratar de complacer a los de la mansión, especialmente si cabía la posibilidad de que dejaran de ser clientes de Coot's para pasar a serlo de la competencia.

—¿No es costumbre que todo el que compre un veneno firme en un registro?

—Sí, señor. El señor Inglethorp lo hizo.

—¿Tiene usted aquí el registro?

—Sí, señor.

El registro fue mostrado y, con unas palabras de severa censura, el juez de instrucción despidió al desdichado señor Mace.

Entonces, en medio del silencio más absoluto, fue llamado a declarar el señor Inglethorp. Me pregunté si se daría cuenta de cómo iba apretándose la soga alrededor de su cuello.

El señor Wells fue directo al grano.

—En la tarde del pasado lunes, ¿compró estricnina con el propósito de envenenar a un perro?

Inglethorp replicó con absoluta serenidad:

—No, no lo hice. No hay ningún perro en Styles, exceptuando un perro pastor que vive al aire libre y goza de excelente salud.

—¿Niega haber comprado estricnina a Albert Mace el pasado lunes?

—Lo niego.

—¿También niega usted esto?

El juez de instrucción le entregó el registro en el que figuraba su firma.

—Por supuesto que lo niego. Esta letra es muy distinta a la mía. Se lo demostraré ahora mismo; vea.

Sacó de su bolsillo un sobre viejo y firmó con su nombre, entregándoselo luego al jurado. La escritura era, en efecto, del todo distinta.

—Entonces ¿cómo explica usted la declaración del señor Mace?

—El señor Mace debe de estar equivocado —replicó Inglethorp, sin inmutarse.

—Señor Inglethorp, por pura formalidad, ¿le importaría decirnos dónde estaba la tarde del lunes 16 de julio?

—En realidad, no lo recuerdo.

—Eso es absurdo, señor Inglethorp —le insistió el juez de instrucción—. Piense usted.

Inglethorp movió la cabeza para insistir en su negativa.

—No puedo recordarlo. Me parece que fui a dar un paseo.

—¿En qué dirección?

—Es que no me acuerdo.

La expresión del juez de instrucción se hizo más dura.

—Estaba usted con alguien?

—No.

—¿Se encontró a alguien durante su paseo?

—No.

—Es una pena. ¿Debo entender que se niega a declarar dónde estaba en el momento en que el señor Mace asegura que entró usted en la tienda para comprar estricnina?

—Si quiere usted interpretarlo así...

—¡Tenga cuidado, señor Inglethorp!

Poirot estaba cada vez más nervioso.

—*Sacré!* ¿Es que ese imbécil quiere que lo detengan?

Indudablemente, Inglethorp estaba causando muy mala impresión. Sus fútiles negativas no convencerían ni a un niño. Sin embargo, el juez de instrucción se apresuró a pasar al siguiente punto.

Poirot respiró aliviado.

—¿Discutió usted con su esposa el martes por la tarde?

—Disculpe —interrumpió Alfred Inglethorp—, me temo que le han informado mal. Yo no discutí con mi querida esposa. Esa historia es absolutamente falsa. Estuve fuera de casa toda la tarde.

—¿Hay alguien que pueda probarlo?

—Tiene usted mi palabra —dijo Inglethorp arrogante.

El señor Wells no se molestó en contestar.

—Hay dos testigos dispuestos a jurar que lo oyeron discutir con la señora Inglethorp.

—Esos testigos se equivocan.

Yo estaba desconcertado. El hombre hablaba con tal seguridad que empecé a dudar. Miré a Poirot. Su rostro tenía una expresión de regocijo que no pude entender. ¿Estaba convencido, después de todo, de la culpabilidad de Inglethorp?

—Señor Inglethorp, usted ha oído repetir las últimas palabras de su esposa. ¿Puede usted explicarlas?

—Claro que puedo.

—¿De verdad?

—Es muy sencillo. La habitación estaba medio a oscuras. El doctor Bauerstein es más o menos de mi estatura y también lleva barba. En la penumbra y enferma como estaba, mi pobre esposa lo confundió conmigo.

—¡Ah! —murmuró Poirot entre dientes—. ¡Es una posibilidad!

—¿Cree usted que es cierto? —susurré.

—No digo eso, aunque es una suposición muy ingeniosa.

—Usted interpreta las últimas palabras de mi esposa como una acusación —continuó Inglethorp—, pero eran, por el contrario, una súplica.

—Creo, señor Inglethorp, que usted mismo sirvió el café y se lo llevó a su esposa aquella noche.

—Sí, se lo serví, aunque no se lo llevé. Pensaba hacerlo, pero me dijeron que me esperaba un amigo en la puerta y dejé la taza en la mesa del vestíbulo. Cuando regresé, unos minutos más tarde, ya no estaba allí.

Tuve la impresión de que esta manifestación, cierta o

no, no mejoraba las cosas para Inglethorp. De todos modos, había tenido tiempo más que sobrado para echar el veneno en el café.

En aquel instante, Poirot me dio con el codo suavemente, señalándome a dos hombres sentados cerca de la puerta. Uno de ellos era menudo, moreno, con expresión astuta y cara de hurón; el otro era alto y rubio.

Interrogué a Poirot con la mirada y él acercó los labios a mi oído.

—¿Sabe usted quién es ese hombre menudo?

Le contesté que no con un gesto.

—Es James Japp, inspector de Scotland Yard; Jimmy Japp. El otro también es un hombre de Scotland Yard. Las cosas van deprisa, amigo.

Miré a los dos hombres con atención. Nada en ellos hacía pensar que fueran policías. Todavía seguía mirándolos cuando me sobresalté al oír el veredicto:

—Asesinato cometido por persona o personas desconocidas.

7

Poirot paga sus deudas

Al salir del hotel, Poirot me llevó aparte, sujetándome por el brazo. Comprendí por qué lo hacía. Esperaba a los hombres de Scotland Yard.

Minutos más tarde aparecieron, y Poirot se adelantó y abordó al más bajo de los dos.

—No sé si me recordará usted, inspector Japp.

—Pero ¡si es monsieur Poirot! —exclamó el inspector. Se volvió hacia el otro hombre—. ¿No me ha oído usted hablar de monsieur Poirot? Trabajamos juntos en 1904 en el caso del falsificador Abercrombie, ¿recuerda?, lo atrapamos en Bruselas. ¡Ah, qué tiempos aquellos, señor! ¿Y el «barón» Altara? ¡Qué canalla! Había escapado de la policía de media Europa, pero al fin lo pescamos en Amberes, gracias a monsieur Poirot.

Mientras se entregaba a sus recuerdos, me acerqué y me presentaron al inspector Japp, quien a su vez nos presentó a su compañero, el inspector Summerhaye.

—No necesito preguntarles qué están haciendo ustedes aquí, señores —indicó Poirot.

Japp guiñó un ojo con complicidad.

—Desde luego que no. Me parece un caso bastante claro.

—Yo no lo veo tan claro.

—¡Vamos! —dijo Summerhaye—. Está tan claro como la luz del día. Al hombre lo han agarrado con las manos en la masa. Lo que me sorprende es que haya sido tan estúpido.

Pero Japp miró a Poirot con atención.

—No se excite, Summerhaye —observó risueño—. Monsieur Poirot y yo nos conocemos desde hace tiempo y tengo su opinión en más alta estima que la de ningún otro investigador. O estoy muy equivocado o algo nos oculta. ¿No es así, señor?

Poirot sonrió.

—Sí, he sacado ciertas conclusiones.

Summerhaye seguía mostrándose escéptico, pero Japp no dejó de mirar a Poirot.

—La cuestión es que, hasta ahora, nosotros solo hemos visto el caso desde fuera. En casos como este, en que el asesinato sale a la luz después de la investigación, Scotland Yard está en situación de inferioridad. Es importante estar en el lugar de los hechos desde el primer momento, y es ahí donde monsieur Poirot nos lleva ventaja. Ni siquiera hubiéramos venido de no ser por cierto doctor que nos dio el soplo a través del juez de instrucción. Pero usted ha estado aquí desde el principio y puede haber encontrado algunas pistas. Según lo que hemos oído en la vista, estoy tan convencido de que Inglethorp asesinó a su esposa como de que ahora es de día, y si alguien que no fuera usted insinuara lo contrario, me reiría en sus narices. Me ha extrañado mucho que el jurado no pronunciara sin dilación un veredicto de culpabilidad. Creo que lo hubieran hecho de no ser por el juez de instrucción, que me ha dado la impresión de estar conteniéndolos.

—Sin embargo, puede que usted tenga una orden de arresto en el bolsillo —insinuó Poirot.

—Quizá sí y quizá no —replicó Japp en tono arisco.

—Espero y deseo, señores, que no lo arresten —manifestó mi amigo.

—Eso parece —observó Summerhaye sarcástico.

Japp contempló a Poirot entre risueño y perplejo.

—¿No puede decirnos un poco más? Viniendo de usted, un guiño es como una afirmación. Ha estado en el lugar del crimen y Scotland Yard no quiere cometer errores.

Poirot asintió con gravedad.

—Eso es justamente lo que yo creo. Bien, lo que les digo es esto: utilicen su orden de arresto, detengan al señor Inglethorp. Pero nadie los felicitará por ello, porque el tribunal lo absolverá en un abrir y cerrar de ojos. *Comme ça!* —Y chasqueó los dedos.

La expresión de Japp se volvió más grave, mientras Summerhaye soltaba un bufido de incredulidad. En cuanto a mí, me quedé mudo de asombro. La única explicación posible era que Poirot se hubiera vuelto loco.

Japp había sacado un pañuelo y se lo pasaba con cuidado por la frente.

—No me atrevo, monsieur Poirot. Yo creo en su palabra, pero hay otros por encima de mí que me preguntarán qué diablos estoy haciendo. ¿No puede adelantarme algo más?

—Lo haré. La verdad es que por ahora preferiría no hablar y seguir trabajando en la sombra, pero las circunstancias me obligan. Lo que usted dice es muy justo; la palabra de un policía belga retirado no es suficiente. Sin embargo, hay que evitar que Alfred Inglethorp sea arrestado. Lo he jurado, como mi amigo Hastings, aquí presente, sabe muy bien. Mire, querido Japp, ¿va usted ahora a Styles?

—Dentro de una media hora. Primero tenemos que ver al juez de instrucción y al médico.

—Muy bien. Recójame al pasar; es la última casa del pueblo, iré con ustedes. En Styles, el señor Inglethorp le dará pruebas que lo convencerán de que la acusación contra él no puede sostenerse y, si se niega, lo que es muy probable, se las daré yo. ¿Trato hecho?

—Trato hecho —dijo Japp con cordialidad—. Y en nombre de Scotland Yard, le doy las gracias, aunque le confirmo que, por el momento, no veo el más mínimo fallo en las pruebas presentadas. Claro que usted siempre ha sido un portento. Hasta luego, monsieur Poirot.

Los dos detectives se alejaron a grandes zancadas. Summerhaye no podía borrar la sonrisa de incredulidad de su cara.

—¡Bueno, amigo! —exclamó Poirot, antes de que yo pudiera pronunciar una sola palabra—, ¿qué opina usted? *Mon Dieu!* He pasado un mal rato en la vista. Nunca pensé que ese hombre fuera tan bobo como para negarse a hablar. Decididamente, se ha comportado como un imbécil.

—¡Mmm! Hay otras explicaciones posibles, además de la imbecilidad. Porque si la acusación contra él es cierta, ¿cómo iba a defenderse sino con el silencio?

—¡Vaya! Hay mil maneras. Mire, si yo hubiera cometido ese asesinato podría haber contado siete historias más verosímiles, mucho más convincentes, desde luego, que las frías negativas del señor Inglethorp.

Me reí sin poder remediarlo.

—Querido Poirot, ¡estoy seguro de que es usted capaz de inventar setenta! Pero, ahora en serio: a pesar de lo que les ha dicho a los policías, es imposible que todavía crea usted en la inocencia de Alfred Inglethorp.

—¿Por qué voy a creer en ella menos ahora que antes? Nada ha cambiado.

—Pero las pruebas son concluyentes.

—Sí, demasiado.

Entramos en Leastways Cottage y subimos la escalera.

—Sí, sí, demasiado convincentes —continuó Poirot, hablando para sí mismo—. Las pruebas, cuando son auténticas, por lo general son vagas e insuficientes. Tienen que ser examinadas, analizadas por partes. Pero aquí todo está preparado y a punto. No, amigo mío, estas pruebas han sido amañadas con mucha habilidad, tanta que han acabado actuando contra sí mismas.

—¿Cómo deduce todo esto?

—Porque mientras las pruebas contra él eran vagas e intangibles, era muy difícil refutarlas. Pero en su ansiedad, el criminal ha cerrado tanto la red que un simple corte dejará a Inglethorp en libertad.

Permanecí en silencio y, tras un minuto o dos, Poirot continuó:

—Vamos a considerar el asunto de este modo: tenemos a un hombre que se dispone a envenenar a su mujer. Siempre ha vivido de su ingenio, como se dice vulgarmente. Por lo tanto, debemos suponer que tiene cierta inteligencia. No es tonto. Pues bien, ¿qué es lo primero que hace? Se presenta sin más en la farmacia del pueblo y compra estricnina, dando su propio nombre e inventando una historia absurda sobre un perro, una historia cuya falsedad es muy fácil de comprobar. No utiliza el veneno aquella noche, no; espera a tener una discusión acalorada con su mujer, de la que se enteran todos en la casa y que, por supuesto, lo convierte en sospechoso. No prepara su defensa, ni siquiera la más débil coartada, sabiendo que quien le vendió la estricnina se presentará a declarar los hechos. ¡Bah!, no me pida que crea que existe alguien que sea tan idiota. Solo actuaría así un lunático que quisiera suicidarse haciéndose ahorcar.

—Sin embargo, no veo... —empecé.

—Ni yo tampoco. Le digo a usted, amigo mío, que este caso me tiene muy desconcertado, a mí, a Hércules Poirot.

—Pero si lo cree usted inocente, ¿cómo explica que comprase la estricnina?

—Muy sencillo, no la compró.

—Pero si Mace lo ha reconocido...

—Perdone que lo contradiga: Mace vio a un hombre con una barba negra, como el señor Inglethorp; con lentes, como el señor Inglethorp, y vestido con la misma ropa llamativa que lleva el señor Inglethorp. No pudo reconocer a un hombre a quien con toda probabilidad solo ha visto a distancia; recordará usted que Mace solo lleva quince días en el pueblo y que la señora Inglethorp solía comprar sus medicinas en Coot's, en Tadminster.

—De modo que usted cree...

—*Mon ami*, ¿recuerda los dos puntos en los que hice hincapié? Dejemos de momento el primero... ¿Cuál era el segundo?

—El hecho más importante es que Alfred Inglethorp viste trajes muy extraños, lleva barba negra y usa lentes —recité.

—Precisamente. Ahora suponga que alguien quisiera hacerse pasar por John o Lawrence Cavendish; ¿cree que sería fácil?

—No. Claro que un actor...

Pero Poirot me detuvo sin piedad.

—¿Por qué no sería fácil? Se lo voy a decir, amigo mío: porque los dos van afeitados. Para caracterizarse como cualquiera de los dos a la luz del día, se necesitaría ser un actor genial y tener cierto parecido natural. Pero en el caso de Inglethorp es muy distinto. Su ropa, su barba, las lentes que ocultan sus ojos, son los detalles sobresalientes de su aspecto personal. Pues bien, ¿cuál es el primer impulso del criminal? Alejar las sospechas de sí mismo, ¿no es así? ¿Cuál es el mejor medio para lograrlo? Hacerlas recaer en cualquier otro. En este caso, había un hombre al alcance de su mano. Todo el mundo estaba predispuesto a creer en la culpabilidad del marido. Era evidente que se sospecharía de él. Pero, para asegurarse aún más, hacía falta una prueba tangible como la compra del veneno, y eso no es difícil con un hombre del aspecto del señor Inglethorp. Recuerde que el joven Mace nunca había hablado con él. ¿Cómo iba a sospechar que un hombre con su capa, su barba y sus lentes no sería él?

—Es posible —dije fascinado por la elocuencia de Poirot—. Pero, si es cierto, ¿por qué no dijo dónde estaba a las seis de la tarde del lunes?

—Eso es, ¿por qué? Si lo arrestaran es muy posible que hablara, pero yo no quiero que se llegue a ese extremo. Tengo que conseguir que se dé cuenta de la gravedad de su posición. Evidentemente, algo esconde con su silencio. Aunque no haya matado a su mujer, es un granuja y tiene algo que ocultar, algo que no está relacionado con el asesinato.

—¿Qué puede ser? —medité en voz alta, derrotado por la elocuencia de Poirot, aunque conservaba la débil convicción de que la explicación obvia era la más acertada.

—¿No lo adivina?

—No. ¿Usted sí?

—Sí, se me ocurrió hace poco una pequeña idea y ha acabado siendo cierta.

—No me lo había contado —le reproché.

Poirot abrió los brazos en un gesto de disculpa.

—Perdóneme, *mon ami.* Usted no la hubiera aprobado. —Se volvió para mirarme con seriedad—. Dígame, ¿entiende ahora por qué no deben arrestarlo?

—Quizá —convine con reservas, pues me tenía sin cuidado el destino de Inglethorp y pensaba que un buen susto no le iría mal.

Poirot, que me observaba con atención, suspiró.

—Vamos, amigo mío, dejando aparte al señor Inglethorp, ¿qué opina usted de la investigación?

—Ha ido más o menos como esperaba.

—¿No ha habido nada que le pareciera extraño?

Mis pensamientos volaron hacia Mary Cavendish y dije a la defensiva:

—¿En qué sentido?

—Por ejemplo, la declaración de Lawrence Cavendish.

Sentí que me quitaba un peso de encima.

—¡Ah, Lawrence! No lo creo. Siempre ha sido un chico nervioso.

—La insinuación de que su madre podía haberse envenenado por accidente con el tónico que tomaba, ¿no le parece extraña, *hein*?

—No. Es obvio que los médicos han ridiculizado su teoría, pero es una sugerencia muy propia de un profano.

—Sin embargo, el señor Lawrence no es un profano. Usted mismo me ha dicho que estudió medicina y que obtuvo su título.

—Sí, es cierto. No me acordaba. —Me sobresalté—. Sí, es extraño.

—Desde el primer momento su conducta ha sido un tanto peculiar. De toda la gente de la casa, solo él estaba académicamente preparado para reconocer los síntomas del envenenamiento por estricnina, y nos encontramos con que es el único que sostiene la teoría de la muerte natural. Si hubiera sido John lo habría comprendido. No tiene conocimientos técnicos y carece de imaginación. Pero el señor Lawrence debía de saber que la idea que aventuró en la vista era ridícula. Todo esto me da que pensar, amigo mío.

—Es desconcertante.

—Luego tenemos a la señora Cavendish. Otra que no dice todo lo que sabe. ¿Cómo interpreta su actitud?

—No la entiendo. Parece inconcebible que esté protegiendo a Inglethorp. Sin embargo, es la impresión que da.

—Sí, es muy extraño. Es evidente que de la «conversación privada» oyó mucho más de lo que está dispuesta a admitir.

—Y, a pesar de todo, es la última persona a quien uno acusaría de escuchar detrás de las puertas.

—Exacto. Su declaración me ha demostrado una cosa: me equivoqué. Dorcas tenía razón. La discusión tuvo lugar más temprano, a eso de las cuatro, tal como ella dijo.

Lo miré con curiosidad. Nunca había comprendido su insistencia en ese punto.

—Sí, hoy han salido a la luz muchos detalles extraños

—continuó Poirot—. ¿Qué hacía Bauerstein levantado a aquella hora de la madrugada? Me asombra que nadie haya comentado ese hecho.

—Padece de insomnio.

—Esa es una explicación muy buena o muy mala —observó Poirot—. Lo abarca todo y no explica nada. No apartaré mi vista de nuestro astuto doctor Bauerstein.

—¿Más fallos en la investigación? —pregunté sarcástico.

—*Mon ami* —replicó Poirot, con tono de advertencia—, cuando vea que la gente no dice la verdad, ¡tenga cuidado! Pues bien, en la sesión de hoy, a menos que esté completamente equivocado, solo una persona, dos a lo sumo, han dicho la verdad sin reservas o evasivas.

—Vamos, Poirot. Dejemos de lado a Lawrence y a la señora Cavendish; pero John y la señorita Howard, ¿han dicho los dos la verdad?

—¿Los dos, amigo mío? Uno de ellos se lo concedo, pero ¡los dos...!

Sus palabras me molestaron. La declaración de la señorita Howard, a pesar de su poca importancia, tuvo tal sinceridad que nunca se me hubiera ocurrido dudar de su veracidad. Sin embargo, sentía un gran respeto por la sagacidad de Poirot, excepto en las ocasiones en las que se comportaba como lo que yo calificaba de «terco impenitente».

—¿De veras lo cree? La señorita Howard siempre me ha parecido íntegra, casi rozando la impertinencia.

Poirot me miró con una curiosa expresión que no supe interpretar. Dio la sensación de que iba a hablar, pero luego se contuvo.

—En la señorita Murdoch —continué— no hay nada falso.

—No, pero es extraño que no haya oído nada, durmiendo en la habitación de al lado; además, la señora Cavendish, en la otra ala del edificio, oyó con toda claridad cómo caía la mesita.

—Bueno, es joven y tiene el sueño profundo.

—Desde luego. Debe de ser muy dormilona.

No me gustó el tono de su voz, pero en aquel momento oímos llamar a la puerta con brío y, al mirar por la ventana, vimos a los inspectores esperándonos abajo.

Poirot tomó su sombrero, se retorció el bigote con furia y, sacudiéndose de la manga una imaginaria mota de polvo, me hizo señas de que lo precediera escaleras abajo.

Allí nos unimos a los inspectores y nos dirigimos hacia Styles.

Creo que la aparición de los hombres de Scotland Yard fue un considerable golpe, sobre todo para John. Nada como la presencia de dos policías podría haberle mostrado la verdad de una forma tan clara.

Durante el camino, Poirot conversó en voz baja con Japp, que fue quien pidió que todos los habitantes de la casa, salvo los criados, acudieran al salón. Me di cuenta de lo que esto significaba: Poirot iba a cumplir su promesa.

Yo, personalmente, no era demasiado optimista. Poirot podía tener excelentes razones para creer en la inocencia de Inglethorp, pero un hombre del tipo de Summerhaye exigiría pruebas tangibles que era muy difícil que pudieran presentarse.

Poco después entramos todos en el salón. Poirot, cortés, acercó sillas a todos. Los hombres de Scotland Yard eran el blanco de todas las miradas. Me parece que fue entonces cuando fuimos conscientes por primera vez de que todo aquello no era una pesadilla, sino la realidad. Habíamos leído cosas parecidas, pero ahora nosotros éramos los actores del drama. Al día siguiente los periódicos de toda Inglaterra publicarían a los cuatro vientos la noticia con llamativos titulares:

MISTERIOSA TRAGEDIA EN ESSEX.
MILLONARIA ENVENENADA

Habría fotografías de Styles, instantáneas de «la familia abandonando el lugar de la tragedia». El fotógrafo del pueblo no se quedaría cruzado de brazos. Todo lo que habíamos leído cientos de veces, eso que les sucede a otras personas, no a uno mismo. Y ahora, en esta casa, se había cometido un asesinato. Frente a nosotros se encontraban los «dos inspectores encargados del caso». La conocida fraseología pasó a toda velocidad por mi mente, hasta el momento en que Poirot inició la sesión.

Creo que todos se sorprendieron un poco al ver que él, y no uno de los policías, tomaba la iniciativa.

—Señoras y caballeros —dijo Poirot, inclinándose como si fuera un personaje que se dispone a dar una conferencia—, los he hecho venir aquí por un motivo. Este motivo está relacionado con el señor Inglethorp.

Inglethorp estaba sentado lejos de los demás. De forma inconsciente, todos habían alejado su silla de la de él y creo que se sobresaltó un poco cuando Poirot mencionó su nombre.

—Señor Inglethorp —continuó Poirot, dirigiéndose directamente a él—, una sombra negra se ha cernido sobre esta casa, la sombra de un asesinato.

Inglethorp movió la cabeza con tristeza.

—¡Mi pobre esposa! ¡Pobre Emily! Es horrible.

—Creo, señor —señaló Poirot tajante—, que no se da usted cuenta de lo horrible que puede ser para usted.

Como el señor Inglethorp daba la sensación de no comprenderlo, Poirot añadió:

—Señor Inglethorp, corre usted un gran peligro.

Los dos inspectores se agitaron inquietos. La advertencia oficial «todo lo que usted diga podrá será utilizado en su contra» pugnaba por salir de los labios de Summerhaye. Poirot continuó:

—¿Lo entiende usted, señor?

—No. ¿Qué quiere decir?

—Quiero decir que es sospechoso de envenenar a su esposa.

Todos nos quedamos boquiabiertos ante la claridad de aquel mensaje.

—¡Cielo santo! —gritó Inglethorp, poniéndose en pie de un salto—. ¡Qué idea más espantosa! ¡Yo..., envenenar yo a mi idolatrada Emily!

—No creo —indicó Poirot, sin dejar de mirarlo con mucha atención— que se dé usted cuenta de la desfavorable naturaleza de su declaración en la vista preliminar. Señor Inglethorp, sabiendo lo que acabo de decirle, ¿insiste en no explicar dónde estuvo a las seis de la tarde del lunes pasado?

Inglethorp se derrumbó en su asiento con un quejido y escondió la cara entre las manos.

Poirot se acercó a él y permaneció a su lado.

—¡Hable! —gritó en tono amenazador.

El hombre miró al detective y luego meneó la cabeza.

—¿No quiere hablar?

—No. No creo que nadie sea tan monstruoso como para acusarme de lo que usted dice.

Poirot asintió con el gesto de quien ya ha tomado una decisión.

—*Soit!* Entonces yo hablaré por usted.

Inglethorp volvió a levantarse de un salto.

—¿Usted? ¿Cómo va a hablar? Usted no sabe... —Y se calló de repente.

Poirot se volvió hacia nosotros.

—*Mesdames, messieurs!* ¡Voy a hablar! ¡Escuchen! Yo, Hércules Poirot, afirmo que el hombre que entró en la farmacia y compró estricnina a las seis de la tarde del lunes no era el señor Inglethorp, porque a las seis de aquel día el señor Inglethorp acompañaba a la señora Raikes a su casa desde una granja vecina. Puedo presentar por lo menos cinco testigos que jurarán haberlos visto juntos, a las seis o inmediatamente después; y, como ustedes saben, Abbey Farm, la casa de la señora Raikes, está a unos seis kilómetros del pueblo. La coartada no admite refutación.

8

Sospechas

Todos nos quedamos estupefactos. Japp, el menos sorprendido, fue el primero en hablar.

—¡Es usted extraordinario! ¿No hay error posible, monsieur Poirot? Supongo que sus testigos son de fiar.

—*Voilà!* He preparado una lista con sus nombres y direcciones. Debe hablar con ellos, aunque lo encontrará todo en orden.

—No me cabe duda. Le estoy muy agradecido. En una buena nos hubiéramos metido arrestándole. —Se volvió hacia Inglethorp—. Usted me perdonará, señor, pero ¿por qué no ha dicho todo esto en la vista?

—Yo se lo diré —anunció Poirot—. Corría cierto rumor...

—Un rumor ruin y falso a todas luces —lo interrumpió el viudo, con voz desconcertada.

—El señor Inglethorp quería evitar un escándalo por todos los medios, y mucho más ahora, ¿no es cierto?

—Exacto. Comprenderá usted que, estando mi pobre Emily aún sin enterrar, quería evitar a toda costa que circularan esos falsos rumores.

—Entre nosotros dos —observó Japp—, yo habría preferido cualquier clase de rumores a ser arrestado por asesinato. Y diría que su pobre esposa se decantaría por lo mismo. Lo cierto es que, de no ser por monsieur Poirot, lo hubiéramos detenido en el acto.

—He actuado como un estúpido, pero usted no sabe, inspector, hasta qué punto he sido perseguido y calumniado.

Dirigió a la señorita Howard una mirada llena de resentimiento.

—Ahora, señor —dijo Japp, dirigiéndose de pronto a John—, me gustaría ver el dormitorio de la señora y después mantener una breve conversación con los criados. No se moleste. Monsieur Poirot me enseñará el camino.

Cuando todos salían de la habitación, Poirot me hizo una seña para que lo siguiera. Luego me tomó del brazo y me llevó aparte.

—Rápido, vaya a la otra ala del edificio. Quédese allí, en este lado de la puerta giratoria. No se mueva hasta que yo vuelva.

Seguí sus instrucciones y me pregunté qué debía de estar maquinando. ¿Por qué tenía que hacer guardia precisamente allí? Miré preocupado hacia el desierto pasillo. Me asaltó una idea. Con excepción del cuarto de Cynthia, todas las habitaciones estaban en el ala izquierda. ¿Tendría eso algo que ver con mi presencia allí? ¿Tendría que dar cuenta de las entradas y salidas? Seguí en mi puesto sin moverme. Pasaron los minutos. Nadie se presentó. No ocurrió nada. Pasaron unos veinte minutos antes de que apareciera Poirot.

—¿No se ha movido usted de aquí?

—No, aquí he estado, firme como una roca. No ha ocurrido nada.

—¡Ah! —¿Estaría satisfecho o decepcionado?—. ¿No ha visto nada?

—No.

—Pero habrá oído algo, un sonoro golpe, ¿no, *mon ami*?

—No.

—¿De verdad? Vaya desilusión. No suelo ser tan torpe. Hice un pequeño movimiento con la mano izquierda —ya conozco los pequeños movimientos de las manos de Poirot— y tumbé la mesita que estaba junto a la cama.

Su irritación fue tan pueril y estaba tan alicaído que me acerqué para consolarlo...

—No se enoje. ¿Qué importancia tiene? Su triunfo de hace un rato lo ha puesto nervioso. Se lo aseguro, ha sido una sorpresa para todos. En este enredo de Inglethorp con la señora Raikes debe de haber más de lo que pensábamos para que se negara a hablar con tanta obstinación. ¿Qué va usted a hacer ahora? ¿Dónde están esos tipos de Scotland Yard?

—Han bajado a interrogar a los criados. Les he enseñado todas las pruebas que hemos reunido. Japp me ha desilusionado. ¡Carece de método!

—¡Vaya! —dije, mirando por la ventana—. Ahí está Bauerstein. Creo que tiene usted razón respecto a ese hombre, Poirot, no me gusta.

—Es muy listo.

—Sí, como el hambre. La verdad es que disfruté el martes, viéndolo con aquella facha. ¡No puede usted imaginarse qué cuadro!

Le describí la aventura del médico.

—¡Parecía un espantapájaros! Cubierto de barro de pies a cabeza.

—Entonces ¿lo vio?

—Sí. Claro que él no quería pasar, acabábamos de cenar y estábamos en el salón, pero Inglethorp insistió tanto que el médico entró.

—¿Qué? —Poirot me agarró con violencia por los hombros—. ¿Bauerstein estuvo aquí el martes por la noche? ¿Aquí? ¿Y no me lo dijo? ¿Por qué no me lo dijo? ¿Por qué? ¿Por qué?

Parecía fuera de sí.

—Querido Poirot, no creí que pudiera interesarle. No sabía que tuviera la menor importancia.

—¿Importancia? ¡Es importantísimo! ¡Así que Bauerstein estuvo aquí el martes por la noche, la noche del asesinato! Hastings, ¿no se da cuenta? ¡Esto lo cambia todo, todo!

Nunca le había visto tan alterado. Me soltó y, abstraído, colocó un par de candelabros en la posición exacta, sin dejar de murmurar para sí.

—Sí, eso lo cambia todo, todo.

De pronto pareció tomar una decisión.

—*Allons!* Tenemos que actuar inmediatamente. ¿Dónde está el señor Cavendish?

John estaba en el salón de fumar. Poirot fue directo hacia él.

—Señor Cavendish. Tengo algo importante que hacer en Tadminster. Una nueva pista. ¿Puede dejarme su auto?

—Desde luego. ¿Lo necesita ahora?

—Sí, por favor.

John hizo sonar la campanilla y mandó sacar el auto.

Diez minutos más tarde atravesábamos el parque a toda velocidad y tomábamos la carretera de Tadminster.

—Bien, Poirot —observé resignado—, ¿quiere usted decirme a qué viene todo esto?

—*Mon ami*, puede adivinarlo. Comprenderá que, ahora que el señor Inglethorp ya no está bajo sospecha, la situación ha cambiado por completo. Tenemos que enfrentarnos a un problema del todo distinto. Sabemos que hay una persona que no compró el veneno. Hemos rechazado las pistas falsas. En cuanto a las verdaderas, he descubierto que todos los de la casa, a excepción de la señora Cavendish, que jugaba al tenis con usted, pudieron haberse hecho pasar por el señor Inglethorp el lunes por la tarde. Asimismo, tenemos la declaración del señor Inglethorp según la cual dejó el café en el vestíbulo. Nadie le dio importancia en la investigación, pero ahora toma un significado muy diferente. Tenemos que averiguar quién llevó el café a la señora Inglethorp y quién pasó por el vestíbulo mientras la taza estaba allí. Según su relato, solo hay dos personas de las que podamos deducir con total seguridad que no se acercaron al café: la señora Cavendish y la señorita Cynthia, ¿no?

—Sí, así es.

Sentí que se me quitaba un peso de encima. Mary estaba libre de sospecha.

—Me he visto obligado a mostrar mis cartas antes de lo que pensaba para salvar al marido —continuó el belga—. Mientras parecía que yo lo perseguía, el criminal se sentía a salvo. Ahora tendrá más cuidado. Sí, mucho más. —Se volvió hacia mí con un movimiento brusco—. Dígame, Hastings, ¿no sospecha de nadie?

Titubeé. A decir verdad, una idea descabellada me había rondado una o dos veces por la cabeza aquella mañana. Intenté rechazarla por absurda, sin conseguirlo del todo.

—No puede llamarse sospecha. En realidad, es una teoría.

—Vamos —me instó Poirot—. No tenga miedo, hable. Debemos contrastar nuestros instintos.

—Bien, es absurdo, pero ¡sospecho que la señorita Howard no ha dicho todo lo que sabe!

—¿La señorita Howard?

—Sí, ríase todo lo que quiera.

—De ningún modo. ¿Por qué iba a hacerlo?

—No puedo por menos que pensar —continué desvariando— que la hemos considerado libre de toda sospecha por haber estado lejos del lugar del crimen. Pero, después de todo, solo estaba a cuarenta kilómetros de aquí. Un auto puede hacer ese recorrido en media hora. ¿Podemos asegurar que no estaba en Styles la noche del crimen?

—Sí, amigo mío —dijo Poirot inesperadamente—. Podemos. Una de las primeras cosas que hice fue llamar al hospital donde trabaja.

—¿Y qué?

—Me dijeron que la señorita Howard estuvo de guardia la tarde del martes y que, ante la imprevista llegada de un convoy de heridos, se ofreció voluntaria para quedarse por la noche, oferta que fue aceptada. Asunto zanjado.

—¡Oh! Lo que me hizo sospechar fue su extraordinaria rabia hacia Inglethorp. Creo que sería capaz de hacer cualquier cosa por perjudicarlo. Se me ocurrió que quizá supiera algo de la destrucción del testamento. Cabe la posibilidad de que haya destruido el nuevo confundiéndolo con el anterior a favor de Inglethorp. ¡Se ensaña tanto con él!

—¿Considera usted antinatural su rencor?

—Sí. ¡Es tan violenta! Incluso a veces dudo de que esté en su sano juicio.

Poirot sacudió la cabeza con energía.

—No, no, en eso se equivoca. No hay en la señorita Howard perversión o debilidad mental. Es una buena muestra de inglesa equilibrada. Es la cordura personificada.

—Sin embargo, su odio hacia Inglethorp roza la obsesión. Mi idea, desde luego muy ridícula, era que había intentado envenenarlo a él y que, por alguna razón, la señora Inglethorp tomó el veneno por error. Pero no me explico cómo pudo hacerlo. Todo esto es absurdo y grotesco hasta la exageración.

—Sin embargo, tiene usted razón en algo: debemos sospechar de todo el mundo hasta probar lógicamente y con total satisfacción que son inocentes. Ahora bien, ¿qué razones hay para pensar que la señorita Howard haya envenenado de forma intencionada a la señora Inglethorp?

—Pero ¡si le tenía gran afecto!

—¡Vamos! —exclamó Poirot irritado—. Razona usted como un chiquillo. Si la señorita Howard fuera capaz de envenenar a la anciana, también sería capaz de simular afecto. No, tenemos que seguir pensando. Tiene usted razón al suponer que su rencor contra Inglethorp es demasiado violento para ser natural, pero la conclusión que extrae es errónea. He sacado mis propias conclusiones y creo no equivocarme, aunque no quiero hablar de ello por ahora. —Hizo una breve pausa y luego prosiguió—: Ahora bien, me parece que hay una objeción importante a la idea de que la señorita Howard sea la asesina.

—¿Cuál?

—Que la muerte de la señora Inglethorp no la beneficia en lo más mínimo. No hay asesinato sin móvil.

—¿No podría haber hecho la señora Inglethorp un testamento a su favor?

Poirot meneó la cabeza.

—Usted mismo sugirió esa posibilidad al señor Wells.

—Lo hice por una razón. No quise mencionar el nombre de la persona que tenía en mente. La señorita Howard ocupa una posición parecida a dicha persona. Por eso utilicé su nombre.

—Con todo, creo que la señora Inglethorp pudo haberlo hecho. Aquel testamento de la tarde de su muerte puede que...

Poirot movió la cabeza tan enérgicamente que me detuve.

—No, amigo mío. Tengo ciertas sospechas acerca de ese testamento. Pero solo puedo decirle esto: no era en favor de la señorita Howard.

Acepté su afirmación, aunque no comprendí por qué estaba tan seguro.

—Bueno —contesté con un suspiro—, absolveremos a la señorita Howard. En parte, es culpa suya que yo haya llegado a sospechar de ella. Lo que encendió mi imaginación fue lo que usted dijo sobre su declaración en la vista.

Poirot pareció desconcertado.

—¿Qué le dije de su declaración en la vista?

—¿No lo recuerda? Fue cuando yo le dije que ella y John estaban fuera de toda sospecha.

—¡Ah! Sí. —Parecía un poco confuso, aunque pronto se

recobró—. Por cierto, Hastings, me gustaría que me hiciera un favor.

—Desde luego, ¿de qué se trata?

—La próxima vez que se halle usted a solas con Lawrence Cavendish quiero que le diga esto: «Tengo un mensaje de Poirot: encuentre la taza de café perdida y podrá dormir en paz».

—«Encuentre la taza de café perdida y podrá dormir en paz». ¿Así? —pregunté desconcertado.

—Excelente.

—¿Qué quiere decir?

—¡Ah! Dejaré que lo descubra por sí mismo. Usted conoce los hechos. Dígale eso a Lawrence y escuche con atención la respuesta.

—Muy bien, pero esto es muy misterioso.

Entrábamos en el pueblo y Poirot dirigió el auto hacia el laboratorio. Después bajó con rapidez y entró en el edificio.

Volvía minutos más tarde.

—Bien, ya está.

—¿Qué ha hecho allí? —pregunté, con viva curiosidad.

—He dejado algo para que lo analicen.

—Sí, pero ¿qué?

—Una muestra del cacao que tomé de la cacerola que estaba en el dormitorio.

—Pero ¡si ya ha sido analizado! —exclamé estupefacto—. Bauerstein lo hizo analizar y usted mismo se rio ante la posibilidad de que contuviera estricnina.

—Ya sé que Bauerstein lo mandó analizar —replicó Poirot muy orondo.

—¿Entonces...?

—Nada, he pensado que tendrían que analizarlo de nuevo.

No pude sacarle ni una palabra más sobre este asunto.

El proceder de Poirot respecto al cacao me dejó perplejo. Todo aquello no parecía tener pies ni cabeza. Sin embargo, mi confianza en él, que daba la impresión de haber disminuido en los últimos días, se había afianzado ante su reciente triunfo, cuando demostró la inocencia de Alfred Inglethorp.

El funeral de la señora Inglethorp se celebró al día siguiente. El lunes bajé tarde a desayunar y John me llevó aparte para informarme que el señor Inglethorp se marchaba aquella mañana para instalarse en el hotel del pueblo hasta que decidiera sus planes futuros.

—Realmente, Hastings, es un alivio pensar que se marcha —continuó mi amigo—. La situación no era agradable cuando todos creíamos que era el asesino, así que imagínate cómo será ahora después de haberlo tratado tan mal. La verdad es que hemos sido muy injustos con él. Claro que todo estaba contra él... No creo que nadie pueda censurarnos por haberlo acusado, dadas las circunstancias. Sin embargo, no hay que darle más vueltas, estábamos equivocados, y la idea de compensar a un individuo que sigue disgustándonos tanto es bastante molesta. ¡Es una situación horrible! Le agradezco que haya tenido la delicadeza de irse. Por fortuna, Styles no era de mi madre. No podría soportar la idea de que ese tipo fuera el amo de todo esto. Él se quedará con el dinero.

—¿Podrás mantener la casa?

—¡Ah! Sí, hay que pagar los impuestos reales, como es natural, pero la mitad del dinero de mi madre está vinculado a la casa y, por el momento, Lawrence seguirá con nosotros, de modo que también contamos con su parte. Al principio tendremos que apretarnos el cinturón. Ya te he dicho que mis finanzas pasan por un período crítico. Lo siento, pero, por ahora, los acreedores tendrán que esperar.

Satisfechos ante la inminente marcha de Inglethorp, nuestro desayuno fue el más animado desde la tragedia. Cynthia volvía a ser la muchacha encantadora de siempre, animada y vivaz, y todos, a excepción de Lawrence, que continuaba apagado y nervioso, estábamos alegres y tranquilos ante la perspectiva de un futuro nuevo y esperanzador.

Los periódicos, desde luego, ofrecían mucha información sobre el crimen. Titulares a toda página, biografías de cada miembro de la familia, insinuaciones sutiles y el consabido estribillo de «la policía tiene una pista». No nos libramos de nada. Era un período de inactividad. La guerra estaba en un punto muerto y los periódicos se agarraban con avidez a un crimen de gente distinguida. «El misterioso caso de Styles» era el tema del día.

Por supuesto, esto no era del gusto de los Cavendish. Los periodistas asediaban la casa a todas horas y, aunque se les negó terminantemente la entrada, seguían paseándose por el pueblo y los alrededores de Styles con la cámara preparada para tomar desprevenido a algún miembro de la familia.

Vivíamos entre un torbellino de publicidad. Los hombres de Scotland Yard iban y venían examinándolo todo, haciendo preguntas con ojos de lince, aunque refrenando la lengua. No sabíamos qué objetivo perseguían. ¿Tenían alguna pista o todo quedaría como un crimen más sin aclarar?

Después del desayuno, Dorcas se me acercó con mucho misterio y me preguntó si podía hablar conmigo.

—Desde luego; ¿de qué se trata, Dorcas?

—Verá, señor, no es más que esto: ¿verá usted hoy al caballero belga?

Asentí.

—Bien, señor. ¿Recuerda aquella pregunta tan rara que me hizo sobre si la señora o alguien de la casa tenía un traje verde?

—Sí, sí. ¿Ha encontrado usted uno? —Mi interés se había despertado.

—No, eso no, señor. Pero he recordado lo que los señoritos —John y Lawrence eran todavía «los señoritos» para

Dorcas— llaman el «baúl de los disfraces». Está en el desván, señor. Es un gran baúl lleno de ropa vieja, trajes de carnaval y cosas por el estilo. Se me ocurrió que quizá hubiera allí un traje verde. De modo que si quiere usted decírselo al caballero belga...

—Se lo diré, Dorcas.

—Muchas gracias, señor. Es un caballero muy agradable, señor, muy distinto de los dos inspectores de Londres, que andan por ahí espiando y haciendo preguntas. Por regla general, no me gustan los extranjeros, pero, por lo que dicen los periódicos, esos valientes belgas no son como los otros y, desde luego, él es un caballero que habla con mucha educación.

¡Mi querida Dorcas! Allí, de pie, con su honrado rostro levantado hacia mí, era el paradigma de criada chapada a la antigua, una especie en vías de extinción.

Me pareció que sería mejor bajar al pueblo enseguida para ver a Poirot, pero me lo encontré a medio camino y le transmití el mensaje.

—¡Ah! La buena de Dorcas. Miraremos el baúl, aunque... No importa, lo examinaremos de todos modos.

Entramos en la casa por uno de los ventanales. Como no había nadie en el vestíbulo, subimos al desván.

En efecto, allí estaba el baúl, un elegante mueble antiguo tachonado de clavos de bronce y lleno a rebosar de ropa de todas las clases imaginables.

Poirot lo amontonó todo en el suelo, sin ceremonia alguna. Había una o dos prendas verdes de diferentes tonalidades; pero Poirot meneó la cabeza al verlas. Parecía rebuscar con apatía, como si no esperara sacar gran cosa de su trabajo. De pronto profirió una exclamación.

—¿Qué pasa?

—¡Mire!

En el fondo del baúl había una magnífica barba negra.

—*Oho!* —exclamó Poirot—. *Oho!* —Tomó la barba y le

dio vueltas, examinándola con atención—. Nueva —observó—. Sí, nueva y flamante.

Tras titubear un momento, volvió a colocarla en el baúl y bajó con rapidez la escalera. Se fue a la cocina, donde encontramos a Dorcas, muy atareada limpiando la plata.

Poirot le dio los buenos días con mucha cortesía.

—Hemos estado mirando ese baúl, Dorcas. Le estoy muy agradecido por haberlo mencionado. Tienen allí una buena colección de indumentarias. ¿Las usan con frecuencia?

—Bueno, señor, en estos tiempos no, aunque de tarde en tarde tenemos lo que los señoritos llaman «noche de disfraces». A veces es muy divertido, señor. El señorito Lawrence es maravilloso, de lo más cómico. No se me olvidará la noche en que bajó vestido como el sah de Persia o algo así, según dijo, una especie de rey oriental. Llevaba un cuchillo de papel en la mano y me dijo: «¡Mucho cuidado, Dorcas, tiene usted que ser muy respetuosa! ¡Si me hace enojar, le cortaré la cabeza con esta cimitarra!». La señorita Cynthia iba disfrazada de lo que llaman un apache o algo por el estilo, una especie de asesino a la francesa. ¡Había que verla! Parece mentira que una señorita tan guapa como ella se hubiera convertido en semejante bandolero. Nadie la habría reconocido.

—Deben de haber resultado muy divertidas todas esas fiestas —afirmó mi amigo en tono afable—. ¿Supongo que el señor Lawrence se pondría esa hermosa barba negra cuando se vistió de sah de Persia?

—Llevaba una barba, señor —replicó Dorcas sonriendo—. Me acuerdo porque sacó dos madejas de lana negra de mi labor para hacerla. Le aseguro que de lejos parecía natural. No sabía que hubiera una barba arriba. Han debido de meterla hace poco. Sé que había una peluca roja, pero nada más con pelo. Casi siempre se tiznaban con corchos quemados, aunque es muy sucio y difícil de quitar. La señorita Cynthia se disfrazó una vez de negro y le costó lo suyo limpiarse.

—De modo que Dorcas no sabe nada de la barba negra —musitó Poirot pensativo, cuando volvíamos de nuevo al vestíbulo.

—¿Cree usted que esa es la barba?

—Sí, eso creo. ¿No ha notado usted que ha sido recortada?

—No.

—Pues sí. Tiene la forma exacta de la del señor Inglethorp y he encontrado algunas hebras cortadas. Hastings, este asunto es muy oscuro.

—¿Quién la pondría en el baúl?

—Alguien muy inteligente. ¿Se da cuenta de que ha elegido el único lugar de toda la casa donde su presencia no hubiera llamado la atención? Sí, es muy inteligente. Pero nosotros tenemos que serlo más. Debemos ser tan inteligentes como para pasar por tontos.

Yo asentí.

—*Mon ami*, puede usted serme de gran ayuda.

Me complació mucho el cumplido. Había momentos en los que creía que Poirot no valoraba mis aptitudes.

—Sí —continuó, mirándome pensativo—. Usted será de un valor incalculable.

Era muy agradable oír esto, pero las siguientes palabras de Poirot no lo fueron tanto.

—Necesito tener un aliado en la casa.

—Me tiene usted a mí.

—Cierto, pero usted no es suficiente.

Esto me dolió y no lo oculté. Poirot se apresuró a explicarse.

—No me ha comprendido. Todo el mundo sabe que usted trabaja conmigo. Necesito a alguien que no esté relacionado con nosotros.

—¡Ah, ya! ¿Qué le parece John?

—No, creo que John no.

—Tal vez el pobre John no sea muy brillante.

—Ahí viene la señorita Howard —señaló Poirot de pronto—. Es la persona más indicada. Pero me tiene en su lista negra desde que demostré la inocencia de Inglethorp. De todos modos, puede intentarse.

La señorita Howard accedió sin entusiasmo a la petición que le hizo Poirot de que le prestara unos minutos de su tiempo.

Entramos en un saloncito y Poirot cerró la puerta.

—Bien, monsieur Poirot —dijo la señorita Howard con impaciencia—. ¿Qué ocurre? Suéltelo pronto. Estoy ocupada.

—¿Recuerda usted, mademoiselle, que en una ocasión le pedí que me ayudara?

—Lo recuerdo y le contesté que lo ayudaría con gusto a colgar a Alfred Inglethorp.

—¡Ah! —Poirot estudió su rostro con seriedad—. Señorita Howard, voy a hacerle una pregunta. Le ruego que me conteste con sinceridad.

—¡Nunca miento!

—¿Todavía cree que la señora Inglethorp fue envenenada por su marido?

—¿Qué quiere decir? No creerá usted que sus explicaciones me han convencido, ¿verdad? Admito que no fue él quien compró la estricnina en la farmacia, pero ¿qué importa eso? Creo que utilizó papel matamoscas, como he dicho desde el primer momento.

—Eso es arsénico, no estricnina.

—¿Qué importa? El arsénico hubiera quitado de en medio a la pobre Emily con tanta eficacia como la estricnina. Sí, estoy convencida de que lo hizo y no me importa cómo.

—Exactamente. Si está usted convencida de que lo hizo, le haré la pregunta de otra forma. ¿Ha creído usted alguna vez, en lo más recóndito de su corazón, que la señora Inglethorp fue envenenada por su esposo?

—¡Cielo santo! ¿No he dicho siempre que la mataría en su propio lecho? ¿No lo he odiado siempre como si fuese el diablo?

—Correcto. Esto corrobora mi pequeña suposición.

—¿Qué pequeña suposición?

—Señorita Howard, ¿recuerda usted una conversación que mantuvo aquí el día de la llegada de mi amigo? Me la he repetido y hay una frase suya que me impresionó. ¿Recuerda cuando afirmó que, si se producía un asesinato, estaría usted segura de conocer al criminal por instinto, aunque no pudiera comprobarlo?

—Sí, recuerdo haberlo dicho. Y es cierto. Supongo que usted creerá que es una tontería.

—De ningún modo.

—Sin embargo, no hace usted caso de lo que mi instinto me dice en contra del señor Inglethorp.

—No, porque su instinto no se dirige contra el señor Inglethorp.

—¿Qué?

—No. Usted quiere creer que él ha cometido el crimen. Usted lo cree capaz de cometerlo, pero su instinto le dice que no lo cometió. Le dice..., ¿continúo?

Ella lo miraba fascinada y asintió con un gesto.

—¿Le explico por qué se ha puesto usted tan apasionadamente en contra del señor Inglethorp? Porque usted trata de creer lo que quiere creer, ya que se esfuerza usted en acallar y ahogar su instinto, que apunta hacia otra persona.

—¡No, no, no! —protestó la mujer furiosa—. ¡No lo diga! ¡No lo diga! ¡No es verdad! ¡No puede ser verdad! ¡No sé cómo puede imaginarse una idea tan horrible!

—¿Tengo razón?

—Sí, sí. Debe de ser usted brujo. Pero no puede ser, es demasiado monstruoso, es imposible. Tiene que ser Alfred Inglethorp.

Poirot negó con gravedad.

—No me pregunte —continuó la señorita Howard—, porque no se lo diré. Ni a mí misma quiero decírmelo. He debido de estar loca para pensar algo así.

Poirot asintió, como si estuviera satisfecho.

—No le preguntaré nada. Me basta con saber que es como yo había pensado. También a mí me dice algo mi instinto, nos dirigimos hacia una meta común.

—No me pida que lo ayude, porque no lo haré. No moveré un dedo para... para... —balbuceó.

—Me ayudará usted, aunque no quiera. No le pido nada, pero será usted mi aliada. Sé que no sería capaz de ayudar por sí misma, pero hará lo único que le pido.

—¿Qué me pide usted?

—¡Que vigile!

Evelyn inclinó la cabeza y se tapó la cara con las manos.

—Sí, no puedo dejar de hacerlo. Siempre estoy vigilando con la esperanza de comprobar que me he equivocado.

—Si nos equivocamos, mejor. Nadie se alegrará más que yo. Pero ¿y si tenemos razón? En ese caso, señorita Howard, ¿de qué lado se pondría usted?

—No sé, no sé...

—Vamos, hable.

—Podríamos echar tierra encima.

—No, no podríamos.

—La pobre Emily... —Se interrumpió.

—Señorita Howard —la acusó Poirot—, esa actitud es indigna de usted.

—Sí —admitió, recobrando la calma—. La que hablaba antes no era yo. —Levantó la cabeza con orgullo—. Esta es la Evelyn Howard que está del lado de la justicia. ¡Cueste lo que cueste!

Y dicho esto, salió decidida de la habitación.

—Ahí va un aliado valioso —comentó mi amigo—. Esa mujer, Hastings, tiene tanto cerebro como corazón.

No respondí.

—El instinto es algo maravilloso —musitó Poirot—. No podemos negar su existencia ni explicarlo.

—Parece que usted y la señorita Howard saben de qué hablan —apunté con frialdad—. Quizá no se da usted cuenta de que yo me he perdido hace rato.

—¿De veras? ¿Es cierto, amigo mío?

—Sí. ¿Quiere usted explicármelo?

Poirot me observó durante unos instantes. Al fin, con gran sorpresa por mi parte, meneó la cabeza decidido.

—No, amigo mío.

—Pero ¡vamos! ¿Por qué?

—Para un secreto, dos bastan.

—Me parece muy injusto que me oculte los hechos.

—No estoy ocultándole hechos. Todos los hechos que conozco los conoce usted. Puede sacar sus propias conclusiones. Ahora es cuestión de suposiciones.

—Sea como sea, sería interesante conocerlas.

Poirot me miró muy serio y negó de nuevo con la cabeza.

—No —dijo apenado—, usted no tiene instinto.

—Era inteligencia lo que usted pedía hace un minuto.

—Con frecuencia van de la mano —señaló Poirot enigmáticamente.

La observación me pareció tan fuera de lugar que ni siquiera me tomé la molestia de replicarle. Pero decidí que, si hacía algún descubrimiento importante o interesante, cosa que daba por segura, me lo guardaría para mí y sorprendería a Poirot con el resultado final.

Hay momentos en los que hacerse respetar es una obligación.

9

El doctor Bauerstein

Aún no había tenido la oportunidad de transmitirle a Lawrence el mensaje de Poirot. Pero un poco más tarde, mientras paseaba por el jardín, todavía resentido con mi amigo por su conducta, vi a Lawrence en el campo de croquet. Golpeaba al azar dos pelotas muy viejas con un mazo aún más viejo.

Me pareció una buena oportunidad para hacerle llegar el mensaje. De otro modo, Poirot en persona lo hubiera hecho. Era cierto que no sabía lo que pretendía, pero pensaba que lo conseguiría con la respuesta de Lawrence y unas cuantas preguntas hábiles que yo mismo le podía plantear. En consecuencia, lo abordé.

—Te estaba buscando.

—¿Sí?

—Sí. Tengo un mensaje de Poirot para ti.

—¿De veras?

—Me ha dicho que esperara a estar a solas contigo.

Al decir esto, bajé la voz, vigilándolo con astucia con el rabillo del ojo. Siempre he sido muy hábil para eso que llaman, según tengo entendido, crear atmósfera.

—¿Y bien?

La expresión de su rostro, moreno y melancólico, no cambió. ¿Se imaginaría lo que iba a decirle?

—El mensaje es el siguiente. —Bajé aún más la voz—: «Encuentre la taza de café perdida y podrá dormir en paz».

—¿Qué significa eso?

Lawrence me miraba con un asombro que no era fingido.

—¿Tú no lo sabes?

—En absoluto. ¿Lo sabes tú?

Me vi forzado a menear la cabeza.

—¿Qué taza de café?

—No lo sé.

—Si quieres saber algo sobre tazas de café, sería mejor que preguntaras a Dorcas o a alguna de las criadas. Es cosa de mujeres, no mía. No sé nada de tazas de café, como no sean unas que nunca usamos y que son una verdadera maravilla. Porcelana antigua de Worcester. ¿Eres entendido en porcelana, Hastings?

De nuevo negué con la cabeza.

—No sabes lo que te pierdes. Es un placer incomparable tener en las manos una auténtica pieza de porcelana antigua, e incluso limitarse a mirarla.

—¿Qué le digo a Poirot?

—Dile que no sé de qué me habla. No entiendo su mensaje.

—Muy bien.

Ya me dirigía hacia la casa cuando me llamó de pronto.

—Espera, ¿cómo terminaba el mensaje? ¿Quieres repetírmelo?

—«Encuentre la taza de café perdida y podrá dormir en paz». ¿Estás seguro de que no sabes lo que quiere decir? —pregunté con ansiedad, muriéndome de ganas de comprender algo.

—No. ¡Ojalá lo supiera!

En aquel instante sonó la campana y nos encaminamos juntos a la casa.

John había invitado a Poirot a almorzar y acababan de sentarse a la mesa.

Por acuerdo tácito, se habían excluido las alusiones a la tragedia. Hablamos de la guerra y de otros temas generales. Pero después de que Dorcas sirviera el queso y las galletas y abandonara el comedor, Poirot se inclinó hacia la señora Cavendish.

—Perdóneme, señora, por traerle a la memoria recuerdos desagradables, pero tengo una pequeña idea. —Las «pequeñas ideas» de Poirot habían llegado a ser un tema de broma para todos—. Me gustaría hacerle un par de preguntas.

—¿A mí? Desde luego.

—Es usted muy amable, madame. Lo que quiero preguntarle es esto: ¿dijo usted que la puerta que hay entre el dormitorio de la señora Inglethorp y el de mademoiselle Cynthia estaba cerrada?

—Claro que estaba cerrada —replicó Mary—. Ya lo dije en la vista.

Parecía perpleja.

—Me refiero —se explicó Poirot— a si está usted segura de qué tenía el cerrojo echado, que no estaba solo cerrada.

—¡Ah! Ya veo lo que quiere usted decir. No, no lo sé. Solo expliqué que estaba cerrada, que no pude abrirla. Pero creo que todas las puertas tenían el cerrojo echado por dentro.

—De todos modos, en su opinión, la puerta podía estar solo cerrada con llave.

—Sí, sí.

—¿No se fijó usted por casualidad, madame, cuando entró en el dormitorio de la señora Inglethorp, si la puerta tenía echado el cerrojo?

—Creo... creo que sí.

—¿Usted no lo vio?

—No, yo... yo no miré.

—Yo sí miré —interrumpió Lawrence de pronto—. Vi que estaba echado.

—¡Ah! Eso lo explica todo —indicó Poirot cabizbajo.

No pude por menos que regocijarme de que, por una

vez, una de sus «pequeñas ideas» no condujera a nada práctico.

Después de almorzar, Poirot me rogó que lo acompañara a su casa. Acepté sin entusiasmo.

—Está enojado, ¿verdad? —preguntó, mientras cruzábamos el parque.

—Yo no —rebatí.

—¡Ah, bueno! Eso me quita un gran peso de encima.

No era esa mi intención. Esperaba haberle mostrado la rigidez de mis modales.

De todos modos, el fervor con que me habló puso fin a mi injustificado disgusto y me ablandé.

—Le he dado su mensaje a Lawrence.

—¿Qué ha contestado? Se ha sentido desconcertado por completo, ¿verdad?

—Sí. Estoy seguro de que no tiene idea de lo que usted quería decir.

Esperaba que Poirot se hubiera desilusionado con mi informe, pero, con gran sorpresa por mi parte, replicó que eso era lo que había supuesto y que estaba muy contento. Mi orgullo me impidió formular más preguntas.

Poirot cambió de tema.

—¿Cómo es que mademoiselle Cynthia no ha comido con nosotros?

—Está en el hospital. Ha vuelto al trabajo.

—Ah, mademoiselle es muy inteligente y también muy guapa. Se parece a algunos cuadros que he visto en Italia. Me gustaría ver el dispensario. ¿Cree que me dejaría?

—Estoy seguro de que le encantará enseñárselo. Es un lugar muy interesante.

—¿Va allí todos los días?

—Tiene los miércoles libres y los sábados viene a comer a casa. Son sus únicas horas libres. Trabaja mucho.

—Lo tendré presente. Las mujeres están haciendo una gran labor en estos días y mademoiselle Cynthia es francamente inteligente. ¡Ya lo creo, esa muchacha tiene la cabeza bien amueblada!

—Sí. Creo que ha pasado un examen bastante duro.

—No lo dudo. Después de todo, es un trabajo de mucha responsabilidad. ¿Tendrán allí venenos poderosos?

—Sí, nos los enseñó. Están guardados en un pequeño armario. Creo que tienen que ir con cuidado con ellos. Antes de dejar la habitación, la cierran y se llevan la llave del armario.

—Muy lógico. ¿El armario está cerca de la ventana?

—No. Está justo al otro lado de la habitación. ¿Por qué?

—Por nada, por saberlo. ¿Entra usted conmigo, querido Hastings?

Estábamos ya delante de la casa.

—No. Creo que volveré. Daré un paseo por el bosque.

El bosque que circundaba Styles era muy frondoso. Tras el paseo por el parque, resultaba agradable vagar sin prisas por los frescos claros de la arboleda. Apenas se movía una hoja. Hasta el trinar de los pájaros sonaba tenue, como amortiguado. Caminé un trecho y después me eché bajo una vieja haya. Mis pensamientos hacia la humanidad eran amables y caritativos. Incluso perdoné a Poirot sus absurdos secretos. Me sentía en paz con el mundo. Bostecé.

Me puse a pensar en el crimen y me pareció irreal y lejano. Bostecé de nuevo.

Con toda probabilidad todo aquello no había ocurrido. Tenía que ser una pesadilla. Lo cierto era que Lawrence había asesinado a Alfred Inglethorp con un mazo de croquet. Pero era absurdo que John armara semejante escándalo por ello y que anduviera gritando: «¡No lo consentiré!».

Me desperté sobresaltado.

Me di cuenta en el acto de que me encontraba en una situación delicada, pues a unos metros de distancia estaban John y Mary Cavendish, y era evidente que estaban discutiendo. También estaba claro que no me habían visto porque, antes de que pudiera moverme o hablar, John repitió las palabras que me habían despertado:

—¡Te digo, Mary, que no lo consentiré!

Oí la voz de Mary, fría y clara.

—¿Acaso te crees con derecho a criticar mis actos?

—Todo el pueblo hablará. Acaban de enterrar a mi madre este sábado y tú holgazaneando por ahí con ese tipo.

—¡Ah, vamos! —Mary se encogió de hombros—. Lo único que te importa es el chismorreo.

—No es solo eso. Estoy harto de verlo por ahí. Además, es un judío polaco.

—Unas gotas de sangre judía no perjudican. Influyen favorablemente sobre la... —lo miró—, la imperturbable estupidez del inglés medio.

Había fuego en sus ojos y hielo en su voz. No me extrañó que John enrojeciera.

—¡Mary!

—¿Qué?

El tono de su voz no había cambiado. La súplica murió en los labios de John.

—¿Quieres decir que seguirás viendo a Bauerstein a pesar de que me opongo?

—Sí, si tengo ganas.

—¿Me desafías?

—No, pero te niego todo derecho a criticar mis actos. ¿Acaso tú no tienes amigos que no me gustan? —John se echó atrás. El color desapareció de su rostro.

—¿Qué quieres decir?

—¡Ya ves! ¿Te das cuenta de que no tienes derecho a elegir mis amistades? —John la miró suplicante. Parecía muy dolido.

—¿Que no tengo derecho, Mary? ¿Que no tengo derecho? —dijo inseguro. Extendió las manos hacia ella—. ¡Mary!

Por un segundo creí que Mary vacilaba. Su expresión se dulcificó, aunque de pronto dio media vuelta y exclamó casi con rabia:

—¡Ninguno! —Se marchaba, pero John corrió tras ella y la tomó por un brazo.

—Mary —su voz era tranquila—, ¿acaso estás enamorada de Bauerstein?

Mary titubeó y de repente su rostro adquirió una expresión extraña, vieja como el mundo aunque eternamente joven. De esa forma hubiera sonreído una esfinge egipcia. Se soltó con suavidad y le habló por encima del hombro.

—Puede ser.

Se marchó a paso rápido, dejando a John en el claro del bosque. Me acerqué, rompiendo algunas ramas secas con los pies para hacer ruido. John se volvió. Por fortuna, supuso que yo acababa de llegar al lugar.

—Hola, Hastings. ¿Has dejado al belga a salvo en su casa? Es un tipo muy curioso. ¿En realidad es tan bueno?

—Estaba considerado como uno de los mejores detectives de su época.

—Ah, entonces supongo que será bueno. Pero ¡qué mundo tan asqueroso!

—¿Te parece asqueroso?

—¡Oh, Dios mío, por supuesto! Para empezar está este horrible asunto. Los hombres de Scotland Yard entrando y saliendo como Pedro por su casa. Nunca sabe uno por dónde van a aparecer. Y esos escandalosos titulares en los periódicos... ¡Malditos periodistas! ¿Sabes que esta mañana se había reunido una multitud en las puertas del parque? Para estos pueblerinos el asunto es como una cámara de los horrores gratuita de madame Tussaud. ¡Es insoportable!

—Anímate, John —dije, tratando de calmar su ira—. Esto no durará para siempre.

—¿Eso crees? Durará lo suficiente para que ninguno de

nosotros sea capaz de volver a levantar la cabeza en mucho tiempo.

—No te pongas morboso.

—Es para volverse loco. Sentirse siempre asediado por esos idiotas por más que uno se esconda. Pero todavía hay cosas peores.

—¿Qué?

—¿Has pensado, Hastings, en quién podría ser el asesino? Porque para mí es una pesadilla. A veces estoy convencido de que fue un accidente. Porque... porque..., ¿quién puede haberlo hecho? Ahora que Inglethorp está fuera de sospecha, no queda nadie..., es decir, solo quedamos nosotros.

Ciertamente, ¡un pesadilla para cualquiera! ¿Uno de nosotros? Claro, tenía que ser eso, a menos que...

Se me ocurrió una nueva idea. La estudié deprisa. Se hizo la luz en mi cerebro. Las misteriosas andanzas de Poirot, sus insinuaciones, todo encajaba. ¡Qué tonto había sido al no pensar antes en ella y qué alivio para todos nosotros!

—No, John, no ha sido uno de nosotros. Es imposible.

—Ya lo sé; pero entonces ¿quién?

—¿No lo adivinas?

—No.

Miré a nuestro alrededor con precaución y dije en voz baja:

—El doctor Bauerstein.

—¡Imposible! ¿Qué interés iba a tener en la muerte de mi madre?

—Eso no lo sé, pero te diré una cosa: Poirot piensa lo mismo.

—¿Poirot? ¿En serio? ¿Cómo lo sabes?

Le hablé de la excitación del belga al saber que Bauerstein había estado en Styles aquella fatídica noche y añadí:

—Dijo dos veces: «Esto lo cambia todo». He estado pensando en ello. Ya sabes que Inglethorp afirmó que había dejado el café en el vestíbulo y justo entonces llegó Bauerstein. ¿No pudo echar algo en el café al pasar, cuando cruzó el vestíbulo? ¿No te parece verosímil?

—¡Mmm! Hubiera sido muy arriesgado.

—Sí, pero es posible.

—Además, ¿cómo iba a saber él que era el café de mi madre? No, me temo que no es creíble.

Recordé otra cosa.

—Tienes razón. No lo hizo así. Escucha.

Le conté que Poirot había mandado analizar la muestra de cacao de la taza.

—Pero ¡si Bauerstein ya lo había analizado!

—Sí, sí, esa es la cuestión. ¿No lo entiendes? Yo tampoco me he dado cuenta hasta ahora: Bauerstein lo había mandado analizar. ¡Ahí está! Si es el asesino, nada más fácil para él que sustituir la muestra de cacao por otra y mandarla analizar. Naturalmente, ¡no se encontró estricnina! Pero a nadie más que a Poirot se le ocurriría sospechar algo así y llevar otra muestra al laboratorio.

—Sí, aunque el cacao no disimula el sabor amargo de la estricnina.

—Solo lo sabemos porque él lo dijo. Está considerado como uno de los más célebres toxicólogos.

—¿Uno de los más célebres qué? Repítelo.

—Es una persona muy entendida en venenos —expliqué—. Bueno, mi idea es que quizá ha encontrado el modo de preparar estricnina insípida. Puede que ni siquiera fuera estricnina, sino alguna droga desconocida de la que nadie ha oído hablar y que produce los mismos efectos.

—¡Mmm! Sí, eso podría ser. Pero ¿cómo pudo acercarse al cacao? No estaba en el piso de abajo.

—No, es cierto —admití de mala gana.

Entonces la idea de una posibilidad espantosa pasó por mi imaginación. Deseé con toda mi alma que a John no se le hubiera ocurrido. Lo miré de reojo. Fruncía el ceño y respiré aliviado porque el terrible pensamiento era que Bauerstein podía tener un cómplice.

¡Imposible! Una mujer tan hermosa como Mary no podía ser una asesina. Sin embargo, mujeres muy hermosas han utilizado venenos.

De pronto recordé la conversación que habíamos mantenido el día de mi llegada, a la hora del té, y el brillo de sus ojos al decir que el veneno era un arma femenina. ¡Qué agitada se la veía la noche de aquel martes! ¿Había descubierto la señora Inglethorp algo entre ella y Bauerstein, y la había amenazado con decírselo a su marido? ¿Se había cometido el crimen para evitarlo?

Recordé aquella enigmática conversación entre Poirot y la señorita Howard. ¿Sería esa la monstruosa posibilidad que Evelyn se esforzaba en no creer?

Sí, todo parecía encajar. No era extraño que la señorita Howard hubiera querido ocultar el asunto. Entonces comprendí aquella frase que no terminó: «La propia Emily..»..
En mi corazón estuve de acuerdo con ella. ¿No habría preferido la señora Inglethorp que su muerte quedara impune antes que ver deshonrado el nombre de los Cavendish?

—Hay algo más —dijo John de pronto, y el inesperado sonido de su voz me sobresaltó, haciéndome sentir culpable—, algo que hace dudar de que lo que dices sea cierto.

—¿Qué es? —pregunté, dando gracias a Dios al ver que había olvidado la cuestión de cómo habían envenenado el cacao.

—Que Bauerstein haya pedido la autopsia. No tenía por qué haberlo hecho. El pobre Wilkins se habría dado por satisfecho con dejarlo en un ataque cardíaco.

—Sí —dije pensativo—. Pero no sabemos el porqué. Debe de haber creído que, a la larga, sería más seguro. Podría haber habladurías más tarde. Entonces el Ministerio del Interior ordenaría la exhumación del cadáver. Todo habría salido a la luz y él se hubiera encontrado en una situación difícil, porque nadie habría creído que un hombre de sus conocimientos se equivocara en lo del ataque al corazón.

—Sí, es posible —admitió John—. Sin embargo, no tengo ni idea del motivo que puede haber tenido.

Me eché a temblar de nuevo.

—Mira, puedo estar del todo equivocado. Recuerda que todo esto es confidencial.

—Por supuesto, está claro.

Mientras hablábamos, habíamos llegado a la puerta pequeña del jardín. Oímos voces cercanas, porque estaban sirviendo el té bajo el sicomoro, como el día de mi llegada.

Cynthia había vuelto del hospital y acerqué mi silla a la suya; le transmití el deseo de Poirot de visitar el dispensario.

—Desde luego. Me encantará enseñárselo. Que venga a tomar el té conmigo una tarde. Tengo que quedar con él. ¡Es un hombre tan agradable! Es cómico. El otro día me hizo quitar el broche que llevaba en la blusa y ponérmelo otra vez porque, al parecer, no estaba recto.

—Sí, es muy maniático.

—¿A que sí?

Estuvimos callados durante un par de minutos y entonces, mirando hacia Mary Cavendish y bajando la voz, Cynthia dijo:

—Señor Hastings...

—Dígame, Cynthia.

—Quiero hablar con usted, después del té.

El modo como miró a Mary me dio que pensar. Supuse que no debían de llevarse demasiado bien entre ellas. Por primera vez se me ocurrió preguntarme cuál sería el futuro de la muchacha.

La señora Inglethorp no había dejado disposición alguna respecto a ella, pero supuse que John y Mary insistirían en que se quedara a vivir con ellos, al menos hasta el fin de la guerra. John, me constaba, le tenía un gran afecto y sentiría dejarla marchar.

John, que había entrado en la casa, apareció de nuevo. Su rostro, generalmente afable, presentaba una desacostumbrada expresión de ira.

—¡Malditos inspectores! Pero ¡qué andarán buscando! Han estado en todas las habitaciones y las han puesto patas arriba. ¡Es horrible! Supongo que se han aprovechado de que estábamos todos fuera. La próxima vez que vea a ese Japp me va a oír.

—¡Pandilla de fisgones! —gruñó la señorita Howard.

Lawrence supuso que los policías tenían que aparentar que hacían algo. Mary no dijo ni una palabra.

Después del té, invité a Cynthia a dar un paseo y, sin prisas, nos dirigimos hacia el bosque.

—¿De qué se trata? —pregunté, tan pronto como estuvimos a salvo de las miradas curiosas, protegidos por la cortina de árboles.

Cynthia se quitó el sombrero y se sentó en la hierba. La luz del sol, que se filtraba a través de los árboles, convertía su cabello rojizo en oro centelleante.

—Señor Hastings, usted ha sido siempre tan bueno y sabe tanto...

Entonces me di cuenta de que Cynthia era una muchacha encantadora. Mucho más encantadora que Mary, que nunca decía cosas así.

—Siga usted —la animé, viendo que titubeaba.

—Quiero pedirle consejo. ¿Qué voy a hacer?

—¿Qué va usted a hacer de qué?

—Tía Emily siempre me había dicho que no se olvidaría de mi futuro. Supongo que se olvidó o quizá no pensó que iba a morir tan pronto. De todos modos, no se acordó de mí. No sé qué hacer. ¿Cree que debo marcharme?

—¡Por Dios, claro que no! Estoy seguro de que no desean librarse de usted.

Cynthia titubeó un momento, mientras arrancaba briznas de hierba.

—La señora Cavendish quiere que me vaya. Me odia.

—¿Que la odia? —exclamé atónito.

Cynthia asintió.

—Sí. No sé por qué, pero no puede soportarme. Ni él tampoco.

—Eso sí que no —dije en tono afectuoso—. Al contrario, John le tiene a usted mucho cariño.

—¡Sí, John sí! Me refería a Lawrence. Naturalmente, no me importa que Lawrence me odie o no. Pero es horrible cuando nadie te quiere, ¿verdad?

—Pero ¡sí que la aprecian, mi querida Cynthia! Estoy seguro de que usted se equivoca. Mire, están John y la señorita Howard.

Cynthia asintió sombría.

—Sí, supongo que John me quiere y Evie, con todas sus brusquedades, es incapaz de matar una mosca. Pero Lawrence nunca me habla si puede evitarlo y Mary tiene que hacer un esfuerzo para tratarme con educación. Desea que se quede Evie, se lo ha pedido, pero no me quiere a mí y yo... yo no sé qué voy a hacer.

De repente, la muchacha rompió a llorar.

No sé qué fue lo que se apoderó de mí. Quizá fuera el hecho de que estaba preciosa, sentada allí, con el sol reflejándose en su cabeza, quizá el alivio que representaba encontrarse con alguien que, a todas luces, no podía estar relacionado con la tragedia; o tan solo sincera compasión hacia su juventud y soledad. El caso es que me incliné hacia ella y, tomando su mano, le dije con torpeza:

—Cásese conmigo, Cynthia.

Sin proponérmelo, había encontrado un remedio maravilloso para sus lágrimas. Se enderezó de inmediato, retiró su mano de la cara y exclamó con cierta aspereza:

—¡No sea usted tonto!

—¡No soy tonto! —Me enojé—. ¡Le estoy pidiendo que me conceda el honor de ser mi esposa!

Para mi sorpresa, Cynthia se echó a reír y me llamó «querido payaso».

—Es muy amable por su parte, pero usted sabe que no quiere casarse conmigo.

—Sí, quiero. Tengo...

—No importa lo que tenga usted. Usted no desea casarse conmigo y yo tampoco.

—En ese caso, no hay más que hablar —dije ofendido—. Pero no veo qué es lo que le hace tanta gracia. No hay nada cómico en una proposición de matrimonio.

—Claro que no. Puede que alguien le acepte la próxima vez. Adiós, me ha animado mucho.

Desapareció entre los árboles con una última e incontrolable explosión de regocijo. Pensé en la conversación y la encontré profundamente desagradable.

Se me ocurrió de pronto que haría bien en bajar al pueblo y buscar a Bauerstein. Alguien tenía que vigilarlo. Al mismo tiempo, sería prudente calmar cualquier suspicacia respecto a las sospechas que pesaban sobre él. Recordé la confianza que había depositado Poirot en mi diplomacia. Por consiguiente, me dirigí a la casita donde sabía que se alojaba. En la ventana había un cartel con un letrero: DEPARTAMENTOS. Llamé a la puerta.

Una anciana salió a abrir.

—Buenas tardes —dije con amabilidad—. ¿Está el doctor Bauerstein?

Se me quedó mirando.

—Pero ¿no lo sabe?

—¿Si no sé qué?

—Lo que le ha pasado.

—¿Qué le ha pasado?

—Se lo han llevado.

—¿Que se lo han llevado? ¿Se ha muerto?

—No, se lo ha llevado la policía.

—La policía —resoplé—. ¿Quiere usted decir que lo han detenido?

—Sí, eso es. Y...

No esperé a oír más y crucé el pueblo corriendo en busca de Poirot.

10

La detención

Por desgracia, Poirot no estaba en casa y el anciano belga que contestó a mi llamada me informó que creía que se había ido a Londres.

Me quedé sin habla. ¿Qué se le había perdido a Poirot en Londres? ¿Se habría decidido de pronto o tendría ya esa intención cuando se despidió de mí horas antes?

Tomé el camino de Styles algo enojado. Sin Poirot, no sabía qué hacer. ¿Habría previsto la detención? ¿No habría sido obra suya? Fui incapaz de contestar a esas preguntas. Pero, mientras, ¿qué debía hacer? ¿Anunciar la detención en Styles? Aunque no quería confesármelo, no podía apartar de mi mente el recuerdo de Mary Cavendish. ¿No sería una terrible noticia para ella? Por el momento, rechacé cualquier sospecha sobre su culpabilidad. No estaría implicada o seguro que hubiera oído alguna insinuación al respecto.

Naturalmente, era imposible ocultarle la detención de Bauerstein durante más tiempo. Aparecería en los periódicos del día siguiente. Sin embargo, no quería ser yo quien le diera la noticia. Si hubiera tenido a mano a Poirot, le habría pedido consejo. ¿Qué mosca le habría picado para marcharse a Londres sin decírmelo?

A mi pesar, mi buena opinión sobre su sagacidad se hizo más fuerte. Jamás se me habría ocurrido sospechar del doctor si él no me hubiera metido la idea en la cabeza. Sí, era inteligente.

Tras reflexionar un poco, decidí convertir a John en mi confidente y dejarle a él la alternativa de hacer pública la noticia o no, según le pareciera.

Al comunicarle el hecho, John lanzó un silbido.

—¡Cielos! Entonces tú tenías razón. No podía creérmelo.

—No, es asombroso hasta que te acostumbras a la idea y ves que todo encaja. Y ahora, ¿qué vamos a hacer? Es evidente que mañana lo sabrá todo el mundo.

John reflexionó.

—No importa —dijo por fin—, por ahora no contaremos nada. No es necesario. Como has dicho, todos lo sabrán a su debido tiempo.

Pero, para mi sorpresa, al bajar temprano a la mañana siguiente y abrir con ansiedad los periódicos, no encontré ni una sola palabra sobre la detención. Había una columna de relleno sobre «El envenenamiento de Styles», y nada más. Era inexplicable, aunque pensé que, por alguna razón, Japp quería ocultar la noticia a los periódicos. Esto me preocupó, pues sugería la posibilidad de nuevas detenciones.

Después del desayuno decidí bajar al pueblo y ver si Poirot había regresado, pero antes de ponerme en camino un rostro familiar asomó por uno de los ventanales y una voz conocida dijo:

—*Bonjour, mon ami.*

—¡Poirot! —exclamé reconfortado. Lo arrastré dentro de la habitación—. Nunca me he alegrado tanto de ver a alguien. Solo se lo he dicho a John. ¿He hecho bien?

—Amigo mío, no sé de qué me habla.

—De la detención de Bauerstein, ¿de qué voy a hablar? —contesté con impaciencia.

—¿Han arrestado a Bauerstein?

—¿No lo sabía?

—Primera noticia.

Pero después de una pausa añadió:

—De todas formas, no me sorprende. Recuerde que solo estamos a diez kilómetros de la costa.

—¿La costa? —pregunté desconcertado—. ¿Qué tiene que ver?

Poirot se encogió de hombros.

—Está clarísimo.

—No para mí. Debo de ser muy tonto, pero no veo la relación entre la proximidad de la costa y el asesinato de la señora Inglethorp.

—Ninguna —dijo Poirot sonriendo—. Aunque estamos hablando de la detención de Bauerstein.

—Pero está detenido por el asesinato de la señora Inglethorp.

—¿Cómo? —exclamó Poirot, al parecer estupefacto—. ¿Que Bauerstein está detenido por el asesinato de la señora Inglethorp? ¿Está usted seguro?

—Sí.

—¡Imposible! ¡Qué absurdo! ¿Quién le ha dicho eso, amigo mío?

—Bueno, no me lo ha dicho nadie, pero está detenido.

—¡Ah! Sí, desde luego. Pero ha sido por espionaje, *mon ami*.

—¿Espionaje?

—Exacto.

—¿No está detenido por el asesinato de la señora Inglethorp?

—No, a menos que nuestro amigo Japp haya perdido la cabeza —replicó Poirot impasible.

—Pero ¡si yo estaba convencido de que usted creía lo mismo!

Poirot me dirigió una mirada compasiva. Era obvio que la idea le parecía absurda.

—¿Quiere usted decir —pregunté, mientras me adaptaba a la nueva situación— que Bauerstein es un espía?

—¿No lo sospechaba?

—Ni se me pasó por la cabeza.

—¿No le parecía extraño que un famoso médico de Londres viniera a enterrarse a un pueblo como este y tuviera la costumbre de vagabundear por ahí a altas horas de la noche?

—No, nunca me lo había planteado.

—Desde luego, es alemán de nacimiento —reflexionó Poirot—, aunque ha ejercido su profesión durante tanto tiempo en este país que nadie diría que no es inglés. Se nacionalizó hace unos quince años. Un hombre muy inteligente. Judío, claro.

—¡El muy canalla!

—Nada de canalla; al contrario, es un patriota. Piense en lo que arriesga. Personalmente, lo admiro.

No pude considerar el hecho con el mismo sentido filosófico que Poirot.

—¡Pensar que la señora Cavendish se ha paseado a la vista de todos con ese hombre! —exclamé indignado.

—Sí. Supongo que esa amistad le resultaría muy útil. Mientras se chismorreaba sobre su aventura, cualquier otra extravagancia pasaría inadvertida.

—Entonces ¿cree que nunca ha estado interesado por ella? —pregunté ansioso, quizá demasiado, dadas las circunstancias.

—Eso no puedo saberlo, como es natural. Pero ¿quiere que le diga mi opinión, Hastings?

—Sí.

—Ahí va: a la señora Cavendish ni le importa ni nunca le ha importado el doctor Bauerstein.

—¿De veras lo cree? —pregunté, sin ocultar mi satisfacción.

—Estoy seguro del todo, y le voy a decir por qué.

—Diga.

—Porque está enamorada de otra persona, *mon ami.*

—¡Oh!

¿Qué quería decir Poirot? Sin poder remediarlo, me invadió una sensación de bienestar. No soy vanidoso por lo que se refiere a mujeres, pero recordé ciertas demostraciones en las que apenas había pensado, que en realidad parecían indicar...

Mis pensamientos fueron interrumpidos por la aparición de la señorita Howard. Miró con rapidez a todos lados para asegurarse de que no había nadie más en la habitación y, sin demora, entregó a Poirot una vieja hoja de papel de embalar, mientras pronunciaba estas enigmáticas palabras: «En lo alto del armario». Después salió de la habitación a toda prisa.

Poirot echó una ojeada al papel y lanzó una exclamación. Después lo extendió sobre la mesa.

—Acérquese, Hastings. Dígame, ¿qué inicial es esta, una *J* o una *L*?

Se trataba de una hoja de tamaño mediano, sucia, como si hubiera estado expuesta al polvo durante algún tiempo. Pero era la etiqueta lo que llamaba la atención de Poirot. En la parte superior llevaba impreso el nombre de Parkson, los conocidos sastres de teatro, y estaba dirigida a: «(aquí iba la polémica inicial) Cavendish Esq., Styles Court, Styles St. Mary, Essex».

—Puede ser una *T* o una *L* —dije, tras examinar la etiqueta durante un par de minutos—, pero desde luego no es una *J*.

—Excelente —replicó Poirot, volviendo a doblar el papel—. Estoy de acuerdo con usted. No hay duda de que es una *L*.

—¿De dónde ha salido esto? ¿Es importante?

—Relativamente importante. Confirma una teoría mía. Sospeché de su existencia, así que le pedí a la señorita Howard que la buscara y, como ve, ha tenido éxito.

—¿Qué ha querido decir con eso de «en lo alto del armario»?

—Ha querido decir —replicó Poirot— que ha encontrado el papel en lo alto de un armario.

—¡Qué sitio más extraño para dejar un papel de embalar!

—De ningún modo. La parte superior de un armario es un excelente lugar para el papel de embalar y las cajas de cartón. Yo también las guardo allí, bien puestas, sin que se vea nada.

—Poirot —pregunté nervioso—, ¿ha sacado alguna conclusión sobre este crimen?

—Sí. Es decir, creo saber cómo se cometió.

—¡Ah!

—Por desgracia, no tengo pruebas que sustenten mi teoría, a menos que... —Con repentina energía me tomó de un brazo y me arrastró hasta el vestíbulo, gritando en francés, en medio de su estado de exaltación—: ¡Mademoiselle Dorcas, mademoiselle Dorcas! *Un moment, s'il vous plaît!*

Dorcas, nerviosa por el alboroto, salió corriendo de la despensa.

—Mi buena Dorcas, tengo una idea, una pequeña idea. Si resulta acertada, ¡habremos resuelto el misterio! Dígame, el lunes, no el martes, Dorcas, el lunes, el día anterior a la tragedia, ¿le ocurrió algo a la campanilla de la señora Inglethorp?

Dorcas se mostró muy sorprendida.

—Sí, señor, ahora que lo dice, sí que le ocurrió algo. Aunque no comprendo cómo ha podido usted enterarse. Un ratón, o algo por el estilo, mordisqueó el cordón. Vino un hombre y lo arregló el martes por la mañana.

Sin caber en sí de alegría, Poirot me condujo al saloncito.

—Ya ve usted, no debemos buscar las pruebas en el exterior. Razonando tendremos bastante. Pero la carne es débil y es alentador comprobar que se va por el buen camino. ¡Ay, amigo mío, me siento como un gigante renovado! ¡Corro! ¡Salto!

Y en efecto, corrió y saltó, y en una pirueta se plantó en el césped que se extendía delante de la ventana.

—¿Qué está haciendo ahí su distinguido amigo? —preguntó una voz detrás de mí.

Me volví y me encontré a Mary Cavendish.

Los dos sonreíamos.

—¿Qué ocurre? —preguntó.

—No puedo decírselo. Ha hecho una pregunta a Dorcas relacionada con una campanilla y la respuesta le ha producido tanta satisfacción que se comporta como usted está viendo.

Mary se rio.

—¡Qué manera de hacer el ridículo! Está cruzando la verja. ¿Ya no volverá hoy?

—No lo sé. No soy capaz de imaginarme cuál será su próxima locura.

—Hastings, está completamente loco, ¿verdad?

—Si le soy sincero, no lo sé. A veces creo que está loco de atar y, de pronto, cuando su locura llega al máximo, me doy cuenta de que en ella hay un método.

—Comprendo.

A pesar de sus risas, aquella mañana se la veía muy pensativa, casi triste. Se me ocurrió que quizá fuera un buen momento para tratar con ella el asunto de Cynthia. Creo que empecé con mucho tacto, aunque no había llegado muy lejos cuando me detuvo de forma autoritaria.

—Ya sé que es usted un excelente defensor, señor Hastings, pero en este caso está desperdiciando su talento. Cynthia no corre el menor peligro conmigo.

Empecé a decirle, con un tartamudeo lamentable, que no quería que pensara que... Pero me interrumpió de nuevo, y sus palabras fueron tan inesperadas que Cynthia y sus problemas casi desaparecieron de mi mente.

—Señor Hastings, ¿cree usted que mi marido y yo somos felices juntos?

Me quedé de una pieza y murmuré que yo no era quién para plantearme esas cosas.

—Bueno —añadió en voz baja—, de todos modos, le voy a decir por qué no somos felices.

No dije nada, ya que comprendí que no había terminado. Empezó a hablar despacio, paseándose por la habitación con la cabeza algo inclinada y balanceando esbelta y flexible su figura al andar. Se detuvo de repente y me miró.

—Usted no sabe nada de mí, ¿verdad? —preguntó—. No sabe de dónde vengo, lo que era antes de casarme con John..., en fin, nada. Pues bien, se lo voy a decir. Haré de usted mi confesor. Usted es bueno, según creo. Sí, estoy segura de que es bueno.

Yo no estaba muy entusiasmado. Recordé que Cynthia había empezado sus confidencias de un modo parecido. Además, un confesor debe ser de mediana edad, no es papel para un hombre joven.

—Mi padre era inglés, pero mi madre era rusa.

—¡Ah! Ahora comprendo.

—¿Qué es lo que comprende?

—Algo que hay en usted, algo distinto, exótico.

—Creo que mi madre era muy guapa. No lo sé, no la conocí. Murió cuando yo era muy pequeña. Creo que hubo alguna tragedia relacionada con su muerte, tomó por error una dosis de un somnífero o algo así. De cualquier forma, mi padre se quedó con el corazón destrozado. Poco después entró en el servicio consular. Adondequiera que iba, yo lo acompañaba. A los veintitrés años ya había recorrido casi todo el mundo. Era una vida maravillosa, me encantaba.

Sonrió. Parecía estar reviviendo aquellos días felices.

—Pero mi padre murió dejándome en muy mala situación. Tuve que irme a vivir con unas tías ancianas a Yorkshire. —Se estremeció—. Comprenderá usted que era una vida odiosa para una chica con mi educación. Aquella estrechez de miras, aquella espantosa monotonía, casi me volvió loca. —Se detuvo un segundo y continuó, cambiando el tono—: Y entonces conocí a John Cavendish.

—Siga.

—Como supondrá, desde el punto de vista de mis tías era un buen partido. Pero le aseguro que no fue eso lo que me decidió. No, era un modo de escapar de la insoportable monotonía de mi vida.

No hice comentario alguno. Ella, tras una pausa, continuó:

—No me interprete mal. He sido muy sincera con él. Le dije, y era verdad, que me gustaba mucho, que esperaba que llegara a gustarme más, pero que no estaba enamorada de él. Me contestó que con eso se conformaba y nos casamos.

Se detuvo largo rato con el ceño fruncido. Parecía estar recordando con cuidado aquellos días.

—Creo..., estoy segura de que al principio me quería. Pero debíamos de ser incompatibles. Casi inmediatamente nos distanciamos del todo. No resulta agradable para mi orgullo, pero la verdad es que se cansó muy pronto de mí.

Debí de insinuar mi desacuerdo, porque continuó con rapidez:

—Sí, se cansó de mí. Aunque eso carece de importancia ahora que vamos a separarnos.

—¿Qué quiere usted decir?

—Quiero decir que me marcho de Styles.

—¿Es que no van a vivir ustedes aquí?

—John puede vivir aquí si quiere, pero yo no.

—¿Va a dejarlo?

—Sí.

—¿Por qué?

—¡Porque quiero ser libre!

Comprendí lo que la palabra *libertad* significaba para una persona del temperamento de Mary. Al escucharla, me pareció adivinar su auténtico ser, orgulloso, salvaje, tan reacio a la civilización como los tímidos pájaros de las montañas, y me vino a la cabeza una visión de espacios abiertos, tierras vírgenes, sendas que nunca habían sido pisadas. Un pequeño sollozo se escapó de sus labios.

—Usted no sabe, no puede saber, lo encarcelada que me he sentido en este horrible lugar.

—Lo comprendo, pero no se precipite.

—¡Que no me precipite! —exclamó, burlándose de mi prudencia.

De pronto dije algo por lo que merecería que me arrancaran la lengua:

—¿Sabe que han detenido a Bauerstein?

Su rostro se cubrió de una máscara de frialdad.

—John, con amabilidad, me lo ha dicho esta mañana.

—¿Usted qué opina?

—¿De qué?

—De la detención.

—¿Qué quiere que opine? Por lo que le ha dicho el jardinero, es un espía alemán.

Su rostro y su voz permanecieron fríos e inexpresivos. ¿Le afectaría la noticia? Se acercó a un jarrón y tocó las flores con el dedo.

—Están marchitas. Tengo que poner otras. Por favor, señor Hastings, déjeme pasar. Gracias.

Me hice a un lado y salió por el ventanal, sin prisas, haciéndome un frío gesto de despedida.

No, estaba convencido de que Bauerstein no le interesaba. Ninguna mujer podría representar su papel con tanta indiferencia.

Poirot no compareció a la mañana siguiente y los inspectores de Scotland Yard tampoco dieron señales de vida.

Pero a la hora del almuerzo se nos presentó una nueva prueba, aunque negativa. Habíamos tratado de seguir la pista de la cuarta carta que la señora Inglethorp había escrito la víspera de su muerte. Al no obtener resultado, abandonamos el asunto con la esperanza de que algún día se aclarara todo. Esto fue exactamente lo que ocurrió. En el segundo correo se recibió una comunicación de una firma francesa de editores musicales, acusando recibo de un cheque de la señora Inglethorp y lamentando no haber podido conseguirle una serie de canciones folclóricas rusas. De este modo, abandonamos la última esperanza de resolver el misterio de aquella fatídica tarde por medio de la correspondencia de la señora Inglethorp.

Poco después del té, bajé al pueblo a contarle a Poirot las últimas noticias, pero, por desgracia, una vez más había salido.

—¿Ha vuelto a ir a Londres?

—¡Oh, no, monsieur! Ha ido en tren a Tadminster. A ver el dispensario de una señorita, según ha dicho.

—¡Qué despistado! —exclamé—. Si le expliqué que el miércoles era el único día que no estaba allí. Bueno, ¿quiere usted decirle que venga a vernos mañana por la mañana?

—Desde luego, monsieur.

Pero al día siguiente no hubo señales de Poirot. Empecé a enojarme. Su trato rayaba en la mala educación.

Después de comer, Lawrence me llevó aparte y me preguntó si iba a ver a Poirot.

—No, no lo creo. Ya vendrá él, si quiere vernos.

—¡Ah!

Lawrence pareció indeciso. Estaba tan nervioso y excitado que despertó mi curiosidad.

—¿Qué pasa? Puedo ir a buscarlo, si hay un motivo.

—No tiene importancia, pero... Bueno, si va a verlo, dígale que —su voz se convirtió en un susurro— creo que he encontrado la taza de café perdida que me recomendó encontrar.

Casi había olvidado el misterioso mensaje de Poirot y de nuevo se despertó mi curiosidad.

Lawrence no parecía dispuesto a decir nada más, de modo que decidí bajar la cabeza e ir a buscar a Poirot.

Los belgas me recibieron sonrientes. Monsieur Poirot estaba arriba. ¿Quería subir? Subí.

Poirot estaba sentado junto a la mesa con la cabeza escondida entre las manos. Al verme entrar, se puso en pie.

—¿Qué ocurre? —pregunté amable—. Espero que no esté enfermo.

—No, no estoy enfermo. Pero estoy pensando en algo muy importante.

—¿Está usted dudando entre capturar al criminal o dejarlo suelto? —pregunté, con una comicidad poco oportuna.

Pero, sorprendentemente, Poirot asintió con seriedad.

—«Hablar o no hablar», como dijo su gran Shakespeare, «esa es la cuestión».

No me molesté en corregir la cita.

—¿Habla usted en serio?

—Muy en serio. Está en juego la más seria de todas las cosas.

—¿Qué?

—La felicidad de una mujer, *mon ami*.

No supe qué contestar.

—Ha llegado el momento —añadió Poirot pensativo— y no sé qué hacer. Arriesgo demasiado en este juego. Nadie que no fuera Hércules Poirot lo intentaría.

Se golpeó el pecho orgulloso.

Esperé unos minutos para no estropear el efecto de sus últimas palabras y le transmití el mensaje de Lawrence.

—¡Ajá! ¿Así que ha encontrado la taza de café? Ese monsieur Lawrence de cara larga es más inteligente de lo que parece.

Yo mismo no tenía en alta estima la inteligencia de Lawrence, pero me abstuve de contradecirlo, y lo censuré por haber olvidado lo que le había dicho sobre los días libres de Cynthia.

—Es cierto. Tengo una cabeza de chorlito. Sin embargo, la otra mademoiselle fue de lo más amable. Sintió mucho verme tan desilusionado y me enseñó todo aquello de buena gana.

—¡Ah, bueno! Entonces no importa, y cualquier otro día puede tomar el té con Cynthia.

Le hablé de la carta que habíamos recibido.

—Lo siento —dijo—. Siempre había tenido esperanzas en esa carta. Pero no podía ser. Este asunto tiene que desenredarse desde dentro. —Se dio unos golpecitos en la frente—. Son estas pequeñas células grises las que tienen que hacer el trabajo. ¿Es usted experto en huellas dactilares, amigo mío?

—No —respondí muy sorprendido—. A lo único que llega mi ciencia es a saber que no hay dos huellas dactilares iguales.

—Así es.

Abrió un cajón y sacó unas fotos que puso sobre la mesa.

—Les he puesto números: uno, dos y tres. ¿Puede describírmelas?

Estudié las fotos con atención.

—Ya veo que están muy ampliadas. Me parece que las de la fotografía número uno pertenecen a un hombre: son del pulgar y el índice. Las del número dos son de mujer, pues son mucho más pequeñas y distintas por completo. Las del número tres... —me detuve un momento— parecen un montón de huellas, mezcladas, pero aquí están claramente las del número uno.

—¿Sobre las otras?

—Sí.

—¿Las reconoce sin ningún género de duda?

—Desde luego, son idénticas.

Poirot asintió, tomó con cuidado las fotos y las guardó de nuevo en el cajón.

—Supongo que, como de costumbre —dije—, no va usted a explicarme nada.

—Al contrario. Las del número uno son las huellas dactilares de monsieur Lawrence. Las del número dos, de mademoiselle Cynthia. No tienen importancia. Las tomé para compararlas con las otras. Las del número tres son más complicadas.

—¿Sí?

—Como ve, están muy ampliadas. No sé si habrá notado esta especie de mancha que atraviesa toda la fotografía. No le voy a describir los aparatos especiales, polvos, etcétera, que he utilizado. Es un procedimiento muy conocido por la policía mediante el cual puede usted obtener una foto de las huellas dactilares en muy poco tiempo. Bueno, amigo mío, ya ha visto las huellas, ahora solo me falta decirle en qué objeto han sido encontradas.

—Continúe, estoy interesadísimo.

—*Eh bien!* La foto número tres representa la superficie de una botella muy pequeña que hay en lo alto del armario de los venenos, en el dispensario del Hospital de la Cruz Roja de Tadminster.

—¡Dios mío! Pero ¿por qué estaban en la botella las huellas de Lawrence Cavendish? No se acercó al armario de los venenos el día que estuvimos allí.

—Sí, se acercó.

—¡Imposible! Estuvimos juntos todo el tiempo.

—No, amigo mío, hubo un momento en que no estuvieron juntos. Hubo un instante en el que seguro que no estuvieron juntos, o no habrían llamado a monsieur Lawrence para que se reuniera con ustedes en el balcón.

—Lo había olvidado —admití—, pero fue solo un momento.

—Lo suficiente.

—¿Suficiente para qué?

La sonrisa de Poirot se volvió muy misteriosa.

—Suficiente para que un hombre que ha estudiado medicina pudiera satisfacer una curiosidad y un interés muy naturales.

Nuestras miradas se encontraron. La expresión de Poirot era vaga y apacible. Se puso en pie y tarareó una canción. Yo lo observaba con desconfianza.

—Poirot, ¿qué había en la botella?

Mi amigo miró a través de la ventana.

—Hidrocloruro de estricnina —dijo por encima del hombro, antes de continuar tarareando.

—¡Dios mío! —exclamé en voz baja. No me sorprendió su respuesta. La esperaba.

—Se usa muy poco el hidrocloruro de estricnina puro, solo en contadas ocasiones, para píldoras. La solución empleada en la mayoría de las medicinas es hidrocloruro de estricnina rebajado. Por eso las huellas dactilares se han mantenido desde entonces.

—¿Cómo se las arregló usted para tomar esas fotografías?

—Se me cayó el sombrero desde el balcón —explicó Poirot candorosamente—. A aquella hora no estaban permitidas las visitas abajo, así que, a pesar de todas mis disculpas, la compañera de mademoiselle Cynthia tuvo que bajar a recogérmelo.

—¿De manera que usted sabía lo que iba a encontrar?

—No, no lo sabía. Al escuchar su historia me di cuenta de que monsieur Lawrence tuvo ocasión de acercarse al armario de los venenos. La posibilidad debía ser confirmada o eliminada.

—Poirot, su alegría no me engañará. Este descubrimiento es muy importante.

—No lo sé, pero hay algo que me llama la atención. Seguro que también se la ha llamado a usted.

—¿Qué cosa?

—Que hay demasiada estricnina en este asunto. Es la tercera vez que nos encontramos con ella. Había estricnina en el tónico de la señora Inglethorp. Tenemos también la estricnina que entregó Mace en la farmacia de Styles Saint Mary. Ahora tropezamos con una estricnina que tuvo en sus manos uno de los miembros de la familia. Es muy confuso y, como usted sabe, no me gusta la confusión.

Antes de que pudiera contestar, uno de los belgas abrió la puerta y asomó la cabeza.

—Hay abajo una señora que pregunta por el señor Hastings.

—¿Una señora?

Me puse en pie de un salto. Poirot me siguió escaleras abajo. En la puerta estaba Mary.

—He ido a visitar a una anciana en el pueblo —explicó— y, como Lawrence me ha dicho que estaba usted con monsieur Poirot, se me ha ocurrido llamarlo al pasar.

—¡Qué lástima, madame! —dijo Poirot—. Creí que venía usted a honrarme con su visita.

—Lo haré otro día, si usted me invita —prometió ella, sonriendo.

—Eso está mejor. Si necesita usted un confesor, madame —Mary se sobresaltó—, recuerde que papá Poirot está siempre a su disposición.

Mary se lo quedó mirando durante unos segundos, como si quisiera encontrar un significado oculto en sus palabras. Después, con brusquedad, dio media vuelta.

—Monsieur Poirot, ¿no viene con nosotros?

—Encantado, madame.

Durante todo el camino, Mary habló muy deprisa y febrilmente. Me pareció que se cohibía bajo la mirada de Poirot.

El tiempo había cambiado y la furia cortante del viento era casi otoñal. Mary, estremecida, se abrochó su abrigo negro. El viento sonaba entre los árboles con un silbido lúgubre, como el suspiro de un gigante.

Entramos por la puerta principal de Styles y enseguida nos dimos cuenta de que ocurría algo.

Dorcas salió corriendo a nuestro encuentro. Lloraba y se retorcía las manos. Vi a otros criados que se amontonaban en segundo término, todos ojos y oídos.

—¡Ay, señora! ¡Ay, señora! No sé cómo decírselo.

—¿Qué ocurre, Dorcas? —pregunté con impaciencia—. Hable de una vez.

—Esos malvados inspectores. Lo han detenido, ¡han detenido al señor Cavendish!

—¿Que han detenido a Lawrence? —balbuceé.

Observé una expresión extraña en los ojos de Dorcas.

—No, señor, al señorito Lawrence, no. Al señorito John.

Mary estaba a mi espalda y, dando un grito desgarrador, se desplomó sobre mí. Al volverme para sostenerla, tropecé con la triunfante mirada de Poirot.

11

El proceso criminal

El juicio contra John Cavendish por el asesinato de su madrastra se celebró dos meses después.

Poco tengo que decir de las semanas que precedieron al juicio. Tan solo que Mary Cavendish despertó toda mi admiración y simpatía. Se puso apasionadamente de parte de su marido, rechazando su culpabilidad, y luchó por él con uñas y dientes.

Le manifesté a Poirot mi admiración y asintió pensativo:

—Sí, es una de esas mujeres que crecen en la adversidad. Entonces sale a relucir lo más dulce y auténtico que hay en ellas. Su orgullo y sus celos han...

—¿Celos?

—Sí. ¿No se ha dado cuenta de que es una mujer muy celosa? Como le iba diciendo, ha dejado a un lado su orgullo y sus celos. Solo piensa en su marido y en el terrible peligro que lo amenaza.

Hablaba con mucho sentimiento y lo miré muy serio, recordando la tarde en que él había estado dudando entre hablar o no hacerlo. Conociendo su debilidad «por la fidelidad de una mujer», me alegré de que no hubiera tenido que tomar una decisión.

—Incluso ahora casi no puedo creerlo. Ya ve, ¡hasta el último minuto pensé que había sido Lawrence!

—Ya lo sabía —afirmó Poirot, con una sonrisa.

—Pero ¡John, mi viejo amigo John!

—Todo asesino es, casi siempre, el viejo amigo de alguien —observó Poirot filosófico—. No puede mezclar los sentimientos con la razón.

—Debería haberme insinuado algo.

—Quizá, *mon ami*, y precisamente no lo hice porque era su viejo amigo John.

Me quedé confundido, recordando con cuánto afán le había transmitido a John lo que yo creía que era la opinión de Poirot respecto a Bauerstein. Por cierto, el doctor había sido liberado de los cargos presentados contra él. Sin embargo, aunque aquella vez había sido más listo que ellos y no pudo probarse la acusación de espionaje, le habían cortado las alas para el futuro.

Le pregunté a Poirot si creía que John sería condenado. Con gran sorpresa por mi parte, me contestó que, al contrario, era muy probable que lo absolvieran.

—Pero, Poirot... —protesté.

—Amigo mío, ¿no le he dicho siempre que no tengo pruebas? Una cosa es saber que un hombre es culpable y otra muy distinta es probarlo. En este caso hay muy pocas pruebas. Ese es el problema. Yo, Hércules Poirot, lo sé todo, pero me falta el último eslabón de la cadena. Y a menos que encuentre ese eslabón perdido...

Movió la cabeza pensativo.

—¿Cuándo empezó a sospechar de John?

—¿Usted no sospechaba nada?

—Por supuesto que no.

—¿Ni siquiera después de las palabras que oyó entre la señora Cavendish y su suegra, sin mencionar su falta de sinceridad durante la investigación?

—No.

—Cuando Inglethorp negó con tanta insistencia que se hubiera peleado con su esposa, ¿no ató cabos y pensó que, si no había sido él, tenía que haber sido Lawrence o John? Pero si hubiera sido Lawrence, la conducta de Mary habría sido inexplicable. Si, por el contrario, se trataba de John, todo quedaba claro.

—¿Así que fue John quien discutió con su madre aquella tarde?

—Exacto.

—¿Y lo ha sabido todo el tiempo?

—Desde luego. Solo así podía explicarse la conducta de la señora Cavendish.

—Sin embargo, ¿dice usted que es posible que lo absuelvan?

Poirot se encogió de hombros.

—Claro. En el juicio escucharemos las acusaciones para el proceso, pero es probable que sus abogados le aconsejen que se reserve su defensa. Ya lo veremos durante el proceso. Por cierto, tengo que advertirle de algo: yo no debo aparecer en este asunto.

—¿Qué?

—No. Oficialmente no tengo nada que ver con todo esto. Debo quedarme entre bastidores hasta que encuentre el eslabón que falta en la cadena. La señora Cavendish debe creer que estoy trabajando en favor de su marido, no en su contra.

—¡Su juego me parece muy sucio!

—De ningún modo. Nos enfrentamos a un hombre inteligente y sin escrúpulos, y debemos usar todos los medios que estén a nuestro alcance o se nos escapará de las manos. Por eso he tenido cuidado de permanecer en segundo plano. Japp ha hecho todos los descubrimientos y toda la gloria será para él. Si me llaman a prestar declaración —sonrió sin disimulo—, es probable que sea como testigo de la defensa.

Apenas podía dar crédito a lo que oía.

—Está todo controlado —continuó Poirot—. Por extraño que parezca, mi declaración puede desbaratar uno de los argumentos de la acusación.

—¿Cuál?

—El que se refiere a la destrucción del testamento. John Cavendish no lo destruyó.

Poirot resultó ser un verdadero profeta. No entraré en los detalles de la instrucción del caso porque implicaría muchas repeticiones tediosas. Solo diré que John se reservó su defensa y fue sometido a proceso.

Septiembre nos encontró a todos en Londres. Mary alquiló una casa en Kensington y Poirot fue aceptado en la familia.

A mí me dieron un puesto en el Ministerio de la Guerra, de modo que pude visitarlos con frecuencia.

Según iban pasando las semanas, Poirot estaba cada vez más nervioso. Seguía sin encontrar aquel «último eslabón» del que tanto había hablado. En mi interior, yo deseaba que no apareciera porque, ¿qué vida le esperaba a Mary si John era condenado?

El 15 de septiembre John se sentó en el banquillo de Old Bailey, acusado del «asesinato premeditado de Emily Agnes Inglethorp», y se declaró «no culpable».

Se encargaba de la defensa sir Ernest Heavywether, el famoso abogado del Consejo de la Corona británica.

El fiscal, el señor Philips, también del Consejo, inició la sesión. El asesinato, dijo, demostraba una extraordinaria premeditación y sangre fría. Se trataba, ni más ni menos, que del envenenamiento premeditado de una mujer cariñosa y confiada a manos de un hijastro para quien había sido más que una madre. Lo había mantenido desde su infancia. Él y su esposa habían vivido en Styles una vida de lujo, rodeados de su cariño y cuidados. Había sido una bienhechora cariñosa y espléndida para con ellos.

Propuso llamar a testigos que demostrarían que el acusado, libertino y manirroto, ya no sabía qué hacer para conseguir más dinero, y que había mantenido una intriga amorosa con una tal señora Raikes, esposa de un granjero de los alrededores. Habiendo llegado esto a oídos de su madrastra, la tarde anterior a su muerte le reprochó su conducta y, a continuación, discutieron, y parte de la pelea fue oída. El día anterior, el acusado había comprado estricnina en la farmacia del pueblo, llevando un disfraz gracias al cual pensaba hacer recaer las culpas del crimen sobre otro hombre, sobre el marido de la señora Inglethorp. Sin embargo, este pudo presentar una coartada incuestionable.

La tarde del 17 de junio, continuó el fiscal, inmediatamente después de la pelea con su hijo, la señora Inglethorp redactó un nuevo testamento. El documento fue encontrado destruido en la chimenea de la habitación de la finada, pero se habían hallado pruebas que demostraban que en su última voluntad convertía en heredero a su esposo. La muerta ya había hecho un testamento en su favor antes de su matrimonio, pero —el señor Philips levantó el índice con un gesto significativo— el acusado no conocía el motivo que indujo a la finada a redactar un nuevo testamento estando en vigor el anterior. Era una señora anciana y, con toda posibilidad, había olvidado la existencia del primer testamento o, lo que le parecía más probable, podía haber creído que su matrimonio lo había anulado, ya que había mantenido una conversación a ese respecto. Las mujeres no suelen ser muy versadas en asuntos legales. Un año antes había redactado un testamento en favor del acusado. El señor Philips presentaría un testigo que probaría que el último que tocó el café de la finada en la noche fatal fue el acusado. Más tarde solicitó entrar en la habitación de su madrastra y tuvo entonces, sin duda, oportunidad de destruir el testamento, pensando que así validaba el anterior, redactado a su favor.

El acusado había sido arrestado por el inspector Japp, un funcionario muy brillante, como consecuencia de haberse descubierto en su habitación el mismo frasco de estricnina que había sido vendido en la farmacia del pueblo al supuesto señor Inglethorp el día antes del asesinato. El jurado decidiría si estos hechos condenatorios constituían o no una prueba abrumadora de la clara culpabilidad del reo.

Después de dar a entender que no podía imaginarse a un jurado diciendo lo contrario, el señor Philips se sentó, enjugándose la frente.

Los primeros testigos de la acusación fueron en su mayor parte los que habían sido llamados en el transcurso de la investigación y, como entonces, para empezar, se procedió a escuchar el informe médico.

Sir Ernest Heavywether, famoso en toda Inglaterra por su falta de escrúpulos para intimidar a los testigos, solo hizo dos preguntas.

—Tengo entendido, doctor Bauerstein, que la estricnina, usada como veneno, actúa con rapidez.

—Sí.

—Y que usted no puede explicar el retraso en este caso.

—No.

—Gracias.

El señor Mace identificó el frasco que le entregó el fiscal como el que había vendido al «señor Inglethorp». Al ser presionado por sir Ernest, admitió que solo conocía de vista al señor Inglethorp. Nunca había hablado con él. El testigo no fue interrogado por la parte contraria.

Fue llamado a declarar Alfred Inglethorp, quien negó haber comprado el veneno. Negó, asimismo, haber discutido con su esposa. Varios testigos afirmaron la veracidad de estas declaraciones.

Los jardineros declararon que habían firmado como testigos del testamento y entonces llamaron a Dorcas.

Dorcas, fiel a «su señorito», negó enérgicamente la posibilidad de que la voz que ella había oído fuera la de John, y declaró muy decidida, y contra toda razón, que era el señor Inglethorp quien había estado en el gabinete con su señora. En el banquillo, el acusado sonrió melancólico. Sabía que el animoso desafío de la vieja criada no servía de nada, ya que la defensa no tenía intención de negar este punto. Por supuesto, la señora Cavendish no pudo ser llamada a prestar declaración contra su esposo.

Tras varias preguntas sobre diversos temas, el señor Heavywether preguntó:

—¿Recuerda usted la llegada, el pasado mes de junio, de un paquete de Parkson's para el señor Lawrence Cavendish?

—No lo recuerdo, señor. Pudo haber sido así, pero el señor Lawrence estuvo fuera durante parte de aquel mes.

—En caso de que el paquete hubiera llegado en su ausencia, ¿qué habría hecho con él?

—Llevarlo a su habitación o remitírselo a él.

—¿Usted?

—No, señor. Yo lo hubiera dejado en la mesa del vestíbulo. La señorita Howard era la que se ocupaba de esas cosas.

Se procedió al interrogatorio de Evelyn Howard, a la que primero se le preguntó sobre otros aspectos, para abordar al final el tema del paquete.

—No lo recuerdo. Llegaban montones de paquetes. Me resulta imposible recordar uno en particular.

—¿No sabe usted si le fue enviado al señor Lawrence Cavendish a Gales, o si se lo dejó en su habitación?

—No creo que fuera enviado a Gales. Lo recordaría.

—Supongamos que llegase un paquete dirigido al señor Lawrence Cavendish y que después desapareciera; ¿lo habría echado de menos?

—No, no creo. Supondría que alguien lo habría guardado.

—¿Fue usted, señorita Howard, quien encontró este trozo de papel de embalar?

Le mostró el mismo trozo de papel polvoriento que Poirot y yo habíamos examinado en el saloncito de Styles.

—Sí.

—¿Cómo se le ocurrió buscarlo?

—El detective belga que se ocupó de investigar el caso me pidió que lo buscara.

—¿Dónde lo encontró usted?

—En la parte superior de... de... de un armario.

—¿En el armario del acusado?

—Creo que sí.

—¿No fue usted quien lo encontró?

—Sí.

—Entonces, debe de saber dónde lo encontró.

—Sí. En el armario del acusado.

—Eso está mejor.

Un empleado de Parkson's, sastres de teatro, declaró que el 9 de junio enviaron una barba negra al señor Lawrence Cavendish, según se les había solicitado. El encargo había sido hecho por carta, dentro de la cual iba un giro postal. No, no conservaban la carta. Todas las transacciones se apuntaban en los libros. Según se indicaba en ellos, habían enviado la barba, tal como se les había pedido, a «L. Cavendish, Esq. Styles Court».

Sir Ernest Heavywether se levantó con estudiada lentitud.

—¿De dónde procedía la carta?

—De Styles Court.

—¿De la misma dirección adonde ustedes enviaron el paquete?

—Sí.

—¿La carta provenía de allí?

—Sí.

Como un ave de presa, Heavywether cayó sobre él:

—¿Cómo lo sabe?

—No... no comprendo.

—¿Cómo sabe usted que la carta procedía de Styles? ¿Se fijó en la estampilla?

—No, pero...

—¡Ah! ¡No se fijó en la estampilla! Sin embargo, usted afirma que fue remitida desde Styles. En realidad, ¿no podía proceder de cualquier otro sitio?

—Sí.

—En realidad, la carta, aunque escrita en papel sellado, ¿no podría haber sido enviada desde cualquier parte? ¿Desde Gales, por ejemplo?

El testigo admitió que tal vez había ocurrido así y sir Ernest dejó ver su satisfacción.

Elizabeth Wells, segunda doncella de Styles, manifestó que, antes de irse a la cama, recordó que había dejado la puerta principal con el cerrojo echado por dentro y no cerrada solo con el picaporte, como el señor Inglethorp había ordenado. Por consiguiente, había bajado a rectificar su error. Al oír un ligero ruido en el ala izquierda, oteó a lo largo del pasillo y vio al señor John Cavendish llamando a la puerta de la señora Inglethorp.

El defensor terminó pronto con ella. La intimidó de un modo tan despiadado que se contradijo, y sir Ernest se sentó sonriente y satisfecho.

Annie declaró sobre la mancha de grasa que había en el suelo y cómo había visto al reo llevar el café al gabinete. Cuando acabó su declaración, se aplazó la vista hasta el día siguiente.

Camino de casa, Mary se quejó de los procedimientos que había utilizado el fiscal.

—¡Qué hombre más odioso! ¡Qué enmarañada red le ha tendido a mi pobre John! ¡Cómo ha manipulado los hechos hasta hacer que pareciesen lo que no eran!

—Bueno —la consolé—, mañana quizá será otra cosa.

—Sí —dijo Mary pensativa. Y de pronto bajó la voz—. Señor Hastings, no creerá usted que... ¡Oh, no, no puede haber sido Lawrence, no, no puede haber sido él!

Pero yo también estaba desconcertado y, en cuanto me

reuní con Poirot, le pregunté qué debía de estar tramando sir Ernest.

—¡Ah! —respondió Poirot con admiración—. Es un hombre muy hábil...

—¿Creerá que Lawrence es culpable?

—Creo que no le importa nada ni nadie. No, lo que pretende es sembrar la confusión entre el jurado, que la opinión esté dividida respecto a cuál de los dos hermanos lo hizo. Está tratando de demostrar que hay tantas pruebas contra Lawrence como contra John. Y yo no digo que no pueda llegar a conseguirlo en algún momento.

Al reanudarse la vista de la causa, el primer testigo fue el inspector Japp, quien, sucinta y brevemente, prestó declaración. Después de relatar los acontecimientos, continuó en estos términos:

—El inspector Summerhaye y yo, actuando según la información recibida, registramos la habitación del acusado, aprovechando su ausencia de la casa. En la cómoda, bajo la ropa interior, encontramos: primero, unos lentes con montura de oro, parecidos a las que usa el señor Inglethorp —presentó los lentes—; segundo, este frasco.

El frasco era el que ya había reconocido el ayudante de la farmacia, una pequeña botella de cristal azul con unos granos de un polvo cristalino que llevaba la siguiente etiqueta:

HIDROCLORURO DE ESTRICNINA. VENENO

Los inspectores habían descubierto una nueva prueba desde que se incoó la instrucción del caso por parte de la policía. Se trataba de un trozo de papel secante, casi nuevo, encontrado en el talonario de cheques de la señora Inglethorp y que, leído con un espejo, decía con toda claridad: «... lo que posea al morir se lo dejo a mi amado esposo, Alfred Ing..».. Con esto quedaba zanjado, sin lugar a dudas, que el testamento destruido había sido redactado en favor del marido de la difunta señora. A continuación, Japp mostró el trozo de papel medio quemado descubierto en la chimenea y, con esto y el descubrimiento de la barba en el desván, terminó su declaración.

Pero todavía faltaba el interrogatorio de sir Ernest.

—¿Qué día registró la habitación del acusado?

—El martes 24 de julio.

—¿Justo una semana después de la tragedia?

—Sí.

—Dice usted que encontró esos dos objetos en la cómoda. ¿Estaba el cajón abierto?

—Sí.

—¿No le parece extraño que un hombre que ha cometido un crimen guarde las pruebas en un cajón abierto, donde cualquiera puede encontrarlas?

—Quizá las escondió allí con precipitación.

—Pero acaba usted de decir que había transcurrido una semana desde el asesinato. Habría tenido tiempo suficiente para sacarlas de allí y destruirlas.

—Quizá.

—Nada de *quizá*. ¿Tendría o no tendría tiempo suficiente para sacar de allí esos objetos y destruirlos?

—Sí.

—La ropa interior bajo la que estaban escondidos los objetos, ¿era ligera o gruesa?

—Más bien gruesa.

—En otras palabras, se trataba de prendas de invierno. Era más que improbable que el acusado abriera ese cajón, ¿verdad?

—Quizá.

—Por favor, conteste a mi pregunta. ¿Era probable que el acusado, en la semana más calurosa del verano, abriera el cajón donde guardaba ropa interior de invierno? ¿Sí o no?

—No.

—En tal caso, ¿no es posible que los artículos en cuestión fueran puestos allí por una tercera persona y que el acusado no supiera de su presencia?

—No me parece probable.

—Pero ¿es posible?

—Sí.

—Eso es todo.

Aparecieron más pruebas. Pruebas sobre las dificultades pecuniarias en que se encontraba el acusado a finales de julio, así como de su lío con la señora Raikes. ¡Pobre Mary, qué amargo debió de resultar escuchar eso para su orgullo! Evelyn Howard había adivinado los hechos, aunque su animadversión contra Alfred Inglethorp le había hecho concluir que era a él a quien buscábamos.

A continuación subió al estrado Lawrence Cavendish. En voz baja, contestando a las preguntas del señor Philips, negó haber encargado nada a Parkson's en junio. En realidad, el 29 de junio estaba en Gales.

Al instante, el mentón de sir Ernest se adelantó belicoso.

—¿Niega haber encargado a Parkson's una barba negra el día 29 de junio?

—Lo niego.

—¡Ah! En caso de que le ocurriera algo a su hermano, ¿quién heredaría Styles Court?

La brutalidad de la pregunta hizo enrojecer el pálido rostro de Lawrence. El juez expresó su desaprobación con un débil murmullo y el acusado, en el banquillo, se adelantó furioso.

Heavywether no se dejó impresionar por la furia de su cliente.

—Conteste a mi pregunta, por favor.

—Supongo —dijo Lawrence tranquilo— que lo heredaría yo.

—¿Qué quiere usted decir con eso de «supongo»? Su hermano no tiene hijos. ¿Heredaría usted, sí o no?

—Sí.

—¡Ah! Eso está mejor —afirmó Heavywether con feroz complacencia—. También heredaría usted una buena cantidad de dinero, ¿no es así?

—Realmente, sir Ernest —protestó el juez—, esas preguntas son improcedentes.

Sir Ernest se inclinó ante el juez, aceptando el reproche, y continuó:

—El martes 17 de julio visitó usted, según creo, con un invitado de Styles Court, el dispensario del Hospital de la Cruz Roja de Tadminster, ¿no es eso cierto?

—Sí.

—Cuando se quedó usted solo unos segundos, ¿abrió el armario de los venenos y examinó una de las botellas?

—Puede... puede que sí.

—¿Debo entender que lo hizo?

—Sí.

Sir Ernest lanzó la siguiente pregunta a bocajarro:

—¿Examinó usted una botella en particular?

—No, no lo creo.

—Tenga usted cuidado, señor Cavendish. Me refiero a una botella pequeña de hidrocloruro de estricnina.

El rostro de Lawrence adquirió una enfermiza tonalidad verdosa.

—No, estoy seguro de que no.

—Entonces ¿cómo explica usted que se hayan encontrado sus huellas dactilares en la botella?

Las intimidantes maneras empleadas por sir Ernest resultaban muy eficaces con los testigos con un temperamento nervioso.

—Me..., supongo que la toqué.

—¡Yo también lo supongo! ¿Sustrajo usted parte del contenido de la botella?

—Desde luego que no.

—Entonces ¿para qué la tomó?

—Estudié medicina. Como es natural, esas cosas me interesan.

—¡Ah! De modo que los venenos, «como es natural», le interesan, ¿no es cierto? Sin embargo, esperó a encontrarse a solas para satisfacer su «interés».

—Eso fue pura casualidad. Si hubieran estado allí los demás habría hecho exactamente lo mismo.

—Sin embargo, dio la casualidad de que los demás no estaban presentes.

—Sí, pero...

—De hecho, a lo largo de toda la tarde usted solo dejó de estar acompañado durante un par de minutos. ¿Dio la casualidad, estoy diciendo «la casualidad», de que en esos dos minutos se entregó a su «natural interés» por el hidrocloruro de estricnina?

—Bueno, yo... yo...

El letrado despidió al testigo con una expresión satisfecha.

—No tengo nada más que preguntarle, señor Cavendish.

El interrogatorio había causado un enorme revuelo en la sala. Las cabezas de muchas de las elegantes señoras presentes se rozaban, y sus cuchicheos se volvieron tan ruidosos que el juez amenazó, indignado, con mandar que desalojasen la sala si no se callaban de inmediato.

No hubo mucho más que declarar. Los grafólogos fueron llamados para que opinasen sobre la firma de «Alfred Inglethorp» en el libro de registros de la farmacia. Todos declararon de forma unánime que no era la escritura de Inglethorp y dijeron que, según su punto de vista, podría ser la del acusado desfigurada. Interrogados por la parte contraria, admitieron que podría ser la del acusado falsificada con habilidad.

El discurso de sir Ernest al iniciar la defensa no fue largo, pero estaba respaldado por la fuerza de su enérgica personalidad. Nunca, dijo, en el transcurso de su larga experiencia, se había encontrado con una acusación de asesinato basada en pruebas tan poco convincentes. No solo se trataba de meros indicios, sino que además la mayor parte ni siquiera estaban probados. Pidió que los señores del jurado recordaran todas las declaraciones oídas y las examinaran con imparcialidad. La estricnina había sido encontrada en un cajón de la habitación del acusado. El cajón no estaba cerrado, tal como había señalado él con anterioridad, y alegó que no podía probarse que hubiera sido el acusado quien había escondido allí el veneno. De hecho, se trataba de una tentativa ruin y malvada por parte de una tercera persona de hacer recaer el crimen sobre el acusado. La acusación había sido incapaz de presentar la más mínima prueba para apoyar su teoría de que fue el acusado quien encargó la barba negra a la casa Parkson. La discusión que mantuvieron el acusado y su madrastra había sido admitida sin reservas, pero tanto esta discusión como los apuros económicos de aquel habían sido exagerados.

—Nuestro docto amigo —sir Ernest inclinó la cabeza con displicencia hacia el señor Philips— ha manifestado que, de ser inocente, el acusado habría explicado en la investigación que él, y no el señor Inglethorp, había participado en la discusión. Creía que los hechos habían sido tergiversados, pero lo que en realidad había ocurrido era lo siguiente: al volver el acusado a su casa el martes por la tarde, fue informado de que se había producido una violenta discusión entre el señor y la señora Inglethorp. El acusado no había sospechado ni remotamente que su voz hubiera sido confundida con la del señor Inglethorp. Como es natural, llegó a la conclusión de que su madrastra había mantenido dos discusiones.

La acusación había asegurado que el lunes 16 de julio el acusado había entrado en la farmacia del pueblo caracterizado como el señor Inglethorp. El acusado, por el contrario, se hallaba en aquel momento en un apartado lugar llamado Marston's Spinney, adonde había acudido citado por una nota anónima, escrita en términos de chantaje, y en la que se le amenazaba con revelar a su esposa cierto asunto a menos que siguiera determinadas instrucciones. Por consiguiente, el acusado se había presentado en el lugar de la cita y, tras esperar durante media hora, había regresado a casa. Por desgracia, ni a la ida ni a la vuelta encontró a nadie que pudiera confirmar su coartada, aunque por fortuna conservaba la nota que sería presentada como prueba.

En cuanto a la destrucción del testamento, el acusado había ejercido la abogacía con anterioridad y sabía muy bien que el testamento hecho en su favor el año anterior quedaba automáticamente anulado con el nuevo matrimonio de su madrastra. Presentaría pruebas que demostrarían quién fue la persona que en realidad destruyó el testamento y era posible que con ello el proceso adquiriera un aspecto distinto.

Por último, quería llamar la atención del jurado sobre el hecho de que existían pruebas contra otras personas, además de contra John Cavendish. Por ejemplo, las pruebas contra Lawrence Cavendish eran tan consistentes, por lo menos, como las que había contra su hermano.

Ahora llamaría al acusado.

John se mantuvo en el estrado con una actitud digna. Llevado con habilidad por sir Ernest, su declaración fue clara y verosímil. El anónimo fue presentado al jurado para su examen. La prontitud con que admitió sus dificultades económicas y el desacuerdo con su madrastra dieron valor a sus negativas.

Al final de su declaración, se detuvo y dijo:

—Quisiera dejar bien claro que desapruebo y rechazo las insinuaciones de sir Ernest respecto a mi hermano. Estoy seguro de que él no tiene más participación en el crimen que yo.

Sir Ernest se limitó a sonreír. Su aguda mirada observó que la protesta de John había causado una impresión muy favorable al jurado.

Entonces empezó el interrogatorio de la parte contraria.

—Creo haber oído decir que ni remotamente se le pasó a usted por la cabeza que los testigos hubieran podido confundir su voz con la del señor Inglethorp. ¿No le parece extraño?

—No. Me dijeron que mi madre había discutido con el señor Inglethorp y no se me ocurrió pensar que no fuera así.

—¿Ni siquiera cuando la criada repitió algunos fragmentos de la conversación, que usted debió haber reconocido?

—No los reconocí.

—¡Su memoria debe de ser muy mala!

—No, pero los dos estábamos enojados y creo que hablamos demasiado. No me fijé en las palabras de mi madre.

El bufido escéptico del señor Philips fue un triunfo de habilidad judicial.

Luego pasó al tema del anónimo.

—Ha presentado usted esta nota de forma muy oportuna. Dígame, ¿la letra no le resulta familiar?

—No.

—¿No cree que tiene un notable parecido con la suya desfigurada?

—No, no lo creo.

—¡Le digo que es su propia letra!

—No.

—Le digo que, en su ansiedad por presentar una coartada, concibió usted la idea de fingir una cita increíble y que usted mismo escribió esta nota para probar su declaración.

—No.

—¿No es cierto que a la hora en que usted mantiene haber estado esperando en un lugar solitario poco frecuentado, en realidad estaba usted en la farmacia de Styles

Saint Mary, comprando estricnina a nombre de Alfred Inglethorp?

—No, es mentira.

—Le digo a usted que, vistiendo uno de los trajes del señor Inglethorp y con una barba negra recortada para que se pareciera a la suya, usted estaba allí y firmó en el registro con toda tranquilidad y con el nombre de él.

—Eso es del todo falso.

—Entonces dejaré que el jurado considere el parecido de la escritura de la nota, del registro y de la suya propia —dijo el señor Philips, y se sentó con el aire del hombre que ha cumplido con su deber, pero que se horroriza al oír semejante perjurio.

Después de esto, como se había hecho tarde, la vista de la causa se levantó hasta el siguiente lunes.

Observé que Poirot parecía hundido. Fruncía el ceño.

—¿Qué ocurre, Poirot?

—¡Ay, amigo mío, esto va mal, muy mal!

Sin poder remediarlo, mi corazón dio un vuelco de alegría. Era evidente que existía la posibilidad de que absolvieran a John.

Cuando llegamos a la casa, mi amigo rechazó con un gesto el té que Mary le ofrecía.

—No, gracias, madame. Voy a subir a mi habitación.

Le acompañé. Se acercó al escritorio y tomó una pequeña baraja. Después se sentó y, con gran sorpresa por mi parte, empezó a construir un castillo de naipes con toda solemnidad.

Me quedé boquiabierto y él dijo de pronto:

—No, amigo mío, no estoy en mi segunda infancia. Quiero calmar mis nervios. Solo eso. Este ejercicio requiere precisión en los dedos. Con la precisión de los dedos viene la precisión de la mente. ¡Y nunca la he necesitado tanto como ahora!

—¿Qué ocurre?

Poirot deshizo de un manotazo la estructura construida con tanto esmero.

—Lo que ocurre es esto, amigo mío: que puedo construir con los naipes un castillo de siete pisos, pero no puedo —otro manotazo a la mesa— encontrar —un nuevo manotazo— el último eslabón del que le hablé.

Guardé silencio, sin saber qué contestar, y Poirot empezó de nuevo, poco a poco, a construir otro castillo, hablando de forma entrecortada mientras lo hacía.

—¡Se hace así! Colocando una carta... sobre la otra... con precisión... matemática...

Observé cómo iba creciendo la construcción, piso a piso. Poirot no tuvo un fallo, un titubeo. Era casi como un conjuro mágico.

—¡Qué firme tiene usted el pulso! Creo que solo lo he visto temblar en una ocasión.

—Estaría furioso, sin duda alguna —comentó Poirot, con voz tranquila.

—¡Ah! Sí, muy furioso. ¿No lo recuerda? Fue cuando descubrió que la cerradura de la caja de documentos de la señora Inglethorp había sido forzada. Se quedó de pie, junto a la repisa de la chimenea, jugando con las cosas, como acostumbra, y sus manos temblaban como hojas. Creo que...

Pero me interrumpí. Poirot, lanzando un grito ronco e inarticulado, redujo a la nada la obra maestra construida con la baraja y, cubriéndose los ojos con las manos, empezó a balancearse adelante y atrás, como si sufriera una agonía espantosa.

—¡Por Dios, Poirot! ¿Qué le ocurre? ¿Está usted enfermo?

—No, no. Es que..., es que..., ¡tengo una idea!

—¡Ah, bueno! —exclamé reconfortado—. ¿Una de sus pequeñas ideas?

—¡Ah, *ma foi*, no! ¡La de ahora es una idea gigantesca, maravillosa! Y es usted, amigo mío, quien me la ha dado.

De repente me estrechó entre sus brazos, besándome calurosamente en las mejillas y, antes de que me recuperase de mi asombro, salió disparado de la habitación.

En aquel momento entró Mary.

—¿Qué le ocurre a monsieur Poirot? Ha pasado por mi lado corriendo y gritando: «¡Un garaje! Por el amor de Dios, señora, dígame dónde hay un garaje». Y sin esperar respuesta, ha corrido hacia la calle.

Me acerqué de un salto a la ventana. Cierto, allí estaba, corriendo de un lado para otro, sin sombrero y gesticulando. Me volví hacia Mary con una expresión desesperada.

—De un momento a otro lo detendrá un policía. ¡Allá va, por la esquina!

Nos miramos, sin saber qué hacer.

—Pero ¿qué le pasa?

—No lo sé. Estaba construyendo un castillo de naipes cuando de pronto ha dicho que tenía una idea y ha salido disparado, como ha podido ver.

—Espero que esté de vuelta antes de la cena.

Pero llegó la noche y Poirot no había regresado.

12

El último eslabón

La repentina marcha de Poirot nos tenía muy extrañados. La mañana del domingo había transcurrido lentamente sin que el belga hiciera acto de presencia.

Pero a las tres de la tarde un sonoro y prolongado bocinazo nos hizo correr a la ventana y vimos a mi amigo bajando de un auto acompañado de Japp y Summerhaye. Poirot estaba transfigurado. Irradiaba una ridícula satisfacción. Se inclinó ante Mary con exagerada cortesía.

—Señora, ¿me permite que celebre una reunión en la sala? Es esencial que todos asistan.

—Ya sabe usted, monsieur Poirot, que tiene *carte blanche* —contestó Mary, con una sonrisa triste.

—Es usted muy amable, señora.

Poirot, que seguía radiante, nos condujo a todos al salón y acercó las sillas necesarias.

—Señorita Howard, usted aquí. Señorita Cynthia. Señor Lawrence. Mi buena Dorcas. Y Annie. *Bien!* Tenemos que retrasar unos minutos la sesión, hasta que llegue el señor Inglethorp. Le he avisado.

La señorita Howard saltó indignada de su asiento.

—¡Si ese hombre entra en esta casa yo me marcho!

—¡No, no!

Poirot se acercó a ella y le suplicó en voz baja que se quedara. Al final, la señorita Howard consintió en volver a su asiento. Unos minutos más tarde aparecía Inglethorp.

Una vez reunidos todos, Poirot se levantó de su asiento con aire de afamado conferenciante y saludó atentamente a la audiencia.

—*Messieurs, mesdames,* como todos ustedes saben, el señor John Cavendish me pidió ayuda para investigar este caso. Lo primero que hice fue examinar el dormitorio de la finada que, por consejo de los médicos, había permanecido cerrado y, por tanto, no había sufrido la menor alteración desde el día de la tragedia. Allí encontré: primero, un trozo de tejido verde; segundo, una mancha húmeda en la alfombra, cerca de la ventana; tercero, una caja vacía de polvos de bromuro.

»Empezaremos por el trozo de tejido verde. Lo encontré enganchado en la cerradura de la puerta que comunica aquel dormitorio con el contiguo, ocupado por la señorita Cynthia. Se lo entregué a la policía, que no le dio mayor importancia ni supo de qué se trataba. Era un pedazo de brazal verde, de los que usan los jardineros.

Hubo un momento de exaltación.

—Ahora bien, solo hay una persona en Styles que trabaja la tierra: la señora Cavendish. Por consiguiente, debió de ser ella la que entró en el dormitorio de la difunta por la puerta que comunica con el de la señorita Cynthia.

—Pero ¡si esa puerta estaba cerrada por dentro! —exclamé.

—Estaba cerrada cuando yo examiné la habitación, pero no sabemos si antes también lo estaba. Solo tenemos su palabra, ya que fue ella quien afirmó que estaba cerrada. En la confusión posterior, tuvo la oportunidad de correr el cerrojo. Pronto tuve ocasión de comprobar que mis suposiciones eran ciertas. Para empezar, el trozo de tela corresponde a una desgarradura del brazal de la señora Cavendish. Además, en la investigación, Mary Cavendish declaró haber oído desde su dormitorio cómo se caía la mesita que está junto a la cama. Quise comprobar la exactitud de esta declaración situando a mi amigo, el señor Hastings, en el ala de la señora Cavendish. Yo fui con la policía a la habitación de la difunta y, mientras estábamos allí, volqué, fingiendo un descuido, la mesita en cuestión. El señor Hastings, tal como yo imaginaba, no oyó nada. Esto me confirmó que la señora Cavendish no estaba en su habitación cuando se dio la voz de alarma. Por el contrario, me convencí de que, lejos de encontrarse en su habitación, la señora Cavendish estaba en la habitación de la muerta.

Dirigí la vista al lugar donde estaba Mary y la vi muy pálida, aunque sonriente.

—Basándome en esta suposición me dije: la señora Cavendish está en el dormitorio de su suegra. Digamos que busca algo y que no lo encuentra. De pronto, la señora Inglethorp se despierta, presa de un paroxismo alarmante. Extiende un brazo, vuelca la mesita y tira desesperadamente del cordón de la campanilla. La señora Cavendish, sobresaltada, deja caer su vela, derramando cera en la alfombra. Toma de nuevo la vela y se retira con rapidez al dormitorio de la señorita Cynthia, cerrando la puerta. Se precipita hacia el pasillo, pues los criados no deben encontrarla allí. Pero ¡es demasiado tarde! Ya se oyen pisadas que se aproximan por el corredor que une las dos alas de la casa. ¿Qué hacer? Rápida como una centella, regresa al dormitorio de la muchacha y empieza a sacudirla para despertarla. Los habitantes de la casa, que se levantan con precipitación, acuden en tropel por el pasillo. Todos se ponen a llamar a la puerta de la señora Inglethorp. Nadie se da cuenta de que la señora Cavendish no ha llegado con los demás, pero, y esto es muy significativo, nadie la ha visto llegar de la otra sala. —Miró a Mary Cavendish—. ¿No es así, señora?

Ella inclinó la cabeza.

—Sí, así es, señor. Como usted comprenderá, si yo hubiera creído que le hacía algún bien a mi marido revelando estos hechos, no habría vacilado en contarlo. Pero me pareció que no influiría en su culpabilidad o inocencia.

—En cierto sentido tiene usted razón, señora. Pero conocer estos datos me permitió desechar muchas interpretaciones falsas y ver otros hechos a la luz de la verdad.

—¡El testamento! —gritó Lawrence—. Entonces, Mary, ¿fuiste tú quien lo destruyó?

Ella negó con la cabeza y lo mismo hizo Poirot.

—No —dijo Mary en voz baja—. Solo hay una persona que puede haber destruido ese testamento: ¡la propia señora Inglethorp!

—¡Imposible! —exclamé—. ¡Acababa de redactarlo aquella tarde!

—Sin embargo, *mon ami*, fue la señora Inglethorp, porque de otro modo no puede explicarse que, en uno de los días más calurosos del año, la señora Inglethorp mandara encender el fuego en su dormitorio.

Lancé un sonido inarticulado. ¡Qué idiotas habíamos sido al no darnos cuenta de que el fuego resultaba absurdo!

Poirot continuó:

—La temperatura de aquel día, señores, era de más de veintiséis grados a la sombra. ¡Sin embargo, la señora Inglethorp mandó encender el fuego! ¿Por qué? Porque quería destruir algo y no se le ocurrió nada mejor. Recordarán ustedes que, como consecuencia de la economía de guerra que se practica en Styles, no se tira ni un papel. Por lo tanto, no había modo de destruir un documento voluminoso, como un testamento. En el momento en que supe que se había encendido el fuego en el dormitorio de la señora Inglethorp concluí que se había destruido algún documento importante, posiblemente un testamento. Así que para mí no fue una sorpresa el hallazgo en la chimenea del trozo de papel a medio quemar. Por supuesto, entonces no sabía que aquel testamento había sido redactado esa tarde y debo admitir que, cuando lo supe, caí en un error lamentable. Supuse que la decisión de la señora Inglethorp de destruir el testamento era una consecuencia directa de la discusión que había sostenido aquella tarde y que, por consiguiente, había tenido lugar después, y no antes, de la redacción del testamento.

»Pero en eso, como sabemos, estaba equivocado. Tuve que abandonar la idea y considerar el problema desde otra perspectiva. Ahora bien, a las cuatro, Dorcas oyó a su señora decir airada: "No creas que me van a detener ni el miedo a los chismorreos ni el escándalo que provoca el enfrentamiento entre marido y mujer". Supuse, y supuse bien, que esas palabras no iban dirigidas a su marido, sino al señor John Cavendish. Una hora más tarde, a las cinco, empleó casi las mismas palabras, pero el punto de vista era diferente. Le confesó a Dorcas que no sabía qué hacer, pues el escándalo entre marido y mujer era algo horrible. A las cuatro estaba enojada, pero era dueña de sí. A las cinco estaba muy angustiada y decía haber sufrido "un disgusto horrible".

»Consideré el asunto desde el punto de vista psicológico y llegué a una conclusión que, estaba seguro, era acertada. El segundo "escándalo" al que se refería no era del que había hablado antes y estaba relacionado con ella.

»Vamos a reconstruir los hechos. A las cuatro, la señora Inglethorp discute con su hijo y lo amenaza con denunciarlo a su esposa, quien, dicho sea de paso, ha oído la mayor parte de la conversación. A las cuatro y media, la señora Inglethorp, como consecuencia de una conversación sobre la validez de los testamentos, redacta uno en favor de su esposo y firman como testigos los dos jardineros. A las cinco, Dorcas encuentra a su señora en un estado de extraordinaria agitación con un papel en la mano. Dorcas cree que es "una carta". Entonces la señora Inglethorp ordena que enciendan el fuego en su habitación. Probablemente, entre las cuatro y media y las cinco algo provoca en ella un cambio total de sentimientos, ya que entonces le sobrevienen tantos deseos de destruir el testamento como antes de redactarlo. ¿Qué ha sucedido?

»Por lo que sabemos, estuvo sola durante esa media hora. Nadie entró o salió del gabinete. Entonces ¿qué fue lo que le hizo cambiar de parecer?

»Solo podemos hacer suposiciones, pero creo que las mías son acertadas. La señora Inglethorp no tenía estampillas en su escritorio. Lo sabemos porque más tarde pidió a Dorcas que le llevara algunas. Ahora bien, en el lado opuesto de la habitación estaba el escritorio de su esposo, cerrado. En su deseo de encontrar las estampillas, según mi teoría, intentó abrir el mueble con sus propias llaves. Sé que una de ellas encaja. Abrió el escritorio y, buscando las estampillas, tropezó con otra cosa: el papel que Dorcas vio en su mano y que, con toda seguridad, no estaba destinado a que la señora Inglethorp lo viera. Por otra parte, la señora Cavendish creyó que el papel que su suegra agarraba con fuerza era una prueba escrita de la infidelidad de su propio esposo. Se lo preguntó a la señora Inglethorp, quien le dijo la verdad, que no tenía nada que ver con aquel asunto. La señora Cavendish no le creyó: supuso que la señora Inglethorp estaba protegiendo a su hijastro. La señora Cavendish es una mujer muy resuelta tras su aspecto reservado, y estaba loca de celos por su marido. Decidió apoderarse del papel a cualquier precio y la casualidad vino a ayudarla en su decisión. Por azar, encontró la llave de la caja de documentos que la señora Inglethorp había perdido aquella mañana. Sabía que su suegra guardaba los papeles importantes en esa caja.

»Por lo tanto, Mary Cavendish trazó su plan como solo una mujer desesperada por los celos podría haber hecho. En algún momento de la tarde, descorrió el cerrojo de la puerta que comunicaba con el dormitorio de la señorita Cynthia. Posiblemente puso aceite en los goznes, pues pude comprobar que la puerta se abría sin hacer ruido. Como los criados estaban acostumbrados a oírla andar por su dormitorio a primera hora de la mañana, le pareció más seguro retrasar su proyecto hasta entonces. Se vistió con su ropa de trabajo y, sin hacer ruido, pasó al dormitorio de la señora Inglethorp a través del de la señorita Cynthia.

Poirot hizo una pausa y Cynthia intervino:

—Pero me habría despertado si alguien hubiera cruzado mi dormitorio.

—No si hubiera sido usted narcotizada.

—¿Narcotizada?

—*Mais oui!* Recordarán ustedes que, a pesar de todo el ruido y el alboroto en el dormitorio vecino, la señorita Cynthia seguía durmiendo. Esto admitía dos explicaciones: el sueño era fingido, cosa que no creí, o su sopor se debía a medios artificiales, a un narcótico.

»Con esta última idea en la cabeza, examiné todas las tazas de café con sumo cuidado, recordando que la señora Cavendish había servido café a la señorita Cynthia la noche anterior. Tomé un poquito del contenido de cada taza y lo mandé analizar, sin resultado positivo. Había contado las tazas con todo cuidado, por si una de ellas hubiera sido retirada, pero habían tomado café seis personas y había seis tazas. Tuve, por tanto, que confesar mi error.

»Pero entonces caí en la cuenta de que había cometido una equivocación muy grave. Se había servido café para siete personas, no para seis, porque el doctor Bauerstein había estado allí aquella noche. Esto lo cambiaba todo, pues faltaba una taza. Las criadas no se dieron cuenta de ello porque Annie, la doncella que llevó el café, puso siete tazas, sin saber que el señor Inglethorp nunca lo tomaba, mientras que Dorcas, que recogió el servicio a la mañana siguiente, encontró seis, como de costumbre, o, hablando con propiedad, cinco, ya que la sexta estaba rota, como recordarán, en la habitación de la señora Inglethorp.

»Estaba seguro de que la taza que faltaba era la de la señorita Cynthia. Había otro aspecto que confirmaba mi suposición, y es que en todas las tazas había azúcar, cuando la señorita Cynthia no toma azúcar con el café. Me llamó la atención lo que me dijo Annie de que había "sal" en la bandeja del cacao que todas las noches subía a la habitación de la señora Inglethorp. Por consiguiente, tomé una muestra de cacao y la mandé analizar.

—Pero ya lo había hecho el doctor Bauerstein —se apresuró a señalar Lawrence.

—Estrictamente hablando, no. Al analista se le pidió analizar el cacao e informar sobre si había o no estricnina en él, pero no que examinara si había algún narcótico, que fue lo que yo ordené.

—¿Narcótico?

—Sí. Aquí está el análisis. La señora Cavendish suministró un narcótico inofensivo pero enérgico, tanto a la señora Inglethorp como a la señorita Cynthia. ¡Y por culpa de ello debió de pasar *un mauvais quart d'heure*! ¡Imagínese cuál sería su estado de ánimo cuando su suegra se pone de pronto enferma y se muere, y oye, acto seguido, la palabra *veneno*! Creía que el narcótico era del todo inofensivo, pero después, durante unos instantes terribles, debió de suponer que la muerte de la señora Inglethorp era culpa suya. Dominada por el pánico, corre escaleras abajo y esconde la taza y el plato usados por la señorita Cynthia en un jarrón de bronce, donde más tarde los descubrirá el señor Lawrence. No se atreve a tocar los restos del cacao.

»Había demasiadas personas a su alrededor. ¡Imaginen qué alivio sentiría al oír hablar de estricnina y comprender que, después de todo, la tragedia no era obra suya!

»Así podemos explicarnos por qué los síntomas del envenenamiento tardaron tanto en aparecer. Y es que al tomar un narcótico con la estricnina, la acción del veneno se retrasa unas horas.

Poirot hizo una pausa. Mary lo miró. El color iba volviendo poco a poco a su rostro.

—Todo lo que usted ha dicho es verdad, monsieur Poirot. Pasé el peor rato de mi vida. Nunca lo olvidaré. Pero es usted maravilloso. Ahora comprendo...

—Lo que quería darle a entender cuando le dije que podía confesarse con papá Poirot, ¿eh? Pero usted no confió en mí.

—Ahora lo veo todo claro —dijo Lawrence—. El narcótico del cacao, ingerido después del café envenenado, explica el retraso de los efectos.

—Exacto, pero ¿estaba o no estaba envenenado el café? Nos encontramos con una pequeña dificultad, ya que la señora Inglethorp no llegó a tomarlo.

—¡¿Qué?!

El grito de sorpresa fue general.

—No. ¿Recuerdan que les hablé de una mancha en la alfombra de la habitación de la señora Inglethorp? La mancha presentaba ciertas particularidades. Todavía estaba húmeda, despedía un penetrante olor a café y, entre la lana de la alfombra, encontré diminutos fragmentos de porcelana. Además, no hacía ni dos minutos había colocado mi maletín sobre la mesa próxima a la ventana, y la mesa, tambaleándose, había hecho caer el maletín en el sitio exacto de la mancha. Con todos estos datos, vi con claridad lo que había ocurrido. Del mismo modo, la señora Inglethorp, al entrar en su habitación la noche anterior, había dejado la taza de café en la mesa y esta le había jugado la misma mala pasada.

»Sobre lo que ocurrió después solo puedo hacer conjeturas, pero creo que la señora Inglethorp recogió la taza rota y la puso sobre la mesita de luz. Como necesitaba un estimulante, cualquiera que fuese, calentó el cacao y se lo tomó. Ahora nos enfrentamos con un nuevo problema. Sabemos que el cacao no contenía estricnina. La señora Inglethorp no tomó el café. Sin embargo, la estricnina tuvo que ser ingerida aquella tarde, entre las siete y las nueve. ¿Qué fue lo que hizo el asesino? Había un tercer medio, tan adecuado para disimular el sabor de la estricnina que es extraordinario que nadie haya pensado en él. ¿Cuál era?

Poirot dirigió una mirada a su alrededor y después se contestó con gesto teatral:

—¡Su medicina!

—¿Quiere decir que el asesino mezcló la estricnina con el tónico?

—No necesitó mezclar nada. El preparado contenía estricnina. La estricnina que mató a la señora Inglethorp fue la misma que recetó el doctor Wilkins. Para que lo entiendan, les leeré un extracto de un recetario que encontré en el dispensario del Hospital de la Cruz Roja de Tadminster. Es una receta famosa en los libros de texto. —Poirot leyó la receta, a base de estricnina y bromuro de potasio, y luego continuó—: Escuchen lo que dice el libro a continuación: «Esta solución precipita a las pocas horas la mayor parte de la sal de estricnina en forma de cristales insolubles de bromuro transparentes. En Inglaterra, una señora perdió la vida tomando un compuesto similar: ¡la estricnina precipitada se acumuló en el fondo y, con la última dosis, la ingirió casi toda!».

»Claro que en la receta del doctor Wilkins no había bromuro, pero recordarán que les hablé de una caja vacía de polvos de bromuro. Una pequeña cantidad de esos polvos, introducida en el frasco de la medicina, precipitaría la estricnina, según dice el libro, acumulándola en la última dosis. Después verán ustedes que la persona que acostumbraba a darle su medicina a la señora Inglethorp jamás agitaba la botella, de manera que nunca se movía el sedimento del fondo.

»En el transcurso de la investigación, hemos obtenido pruebas de que se pretendía que la tragedia ocurriera la noche del lunes. Aquel día el cordón de la campanilla de la señora Inglethorp había sido cortado y la señorita Cynthia pasaba la noche con unos amigos, así que la señora Inglethorp habría estado completamente sola en el ala derecha, sin poder recibir auxilio, y habría muerto antes de avisar a un médico. Pero, en sus prisas por llegar a tiempo a la función del pueblo, la señora Inglethorp olvidó tomar la medicina y, al día siguiente, almorzó fuera de casa, de modo que la última y fatal dosis fue ingerida, en realidad, veinticuatro horas más tarde de lo que había previsto el asesino. Gracias a este retraso, la prueba final, el último eslabón de la cadena, está ahora en mis manos.

Con una enorme expectación general, Poirot mostró tres delgadas tiras de papel.

—¡Una carta escrita de puño y letra por el asesino, amigos míos! Si hubiera estado redactada con más claridad, quizá la señora Inglethorp, advertida a tiempo, se habría salvado. Así se dio cuenta del peligro que corría, aunque no supo cómo había sido planificado el crimen.

En un silencio mortal, Poirot unió los trozos de papel y, aclarándose la garganta, leyó:

Queridísima Evelyn:

Todo va bien, pero en lugar de esta noche será mañana. Ya me entiendes. Nos esperan muy buenos tiempos cuando la vieja muera y no nos estorbe. Nadie podrá atribuirme el crimen. ¡Tu idea del bromuro ha sido un golpe genial! Pero tenemos que andar con cuidado. Un paso en falso...

»La carta, amigos míos, quedó sin concluir. Sin duda, el asesino fue interrumpido, pero su identidad es evidente. Todos conocemos su letra y...

Un grito que casi era un alarido rompió el silencio.

Una silla rodó por el suelo. Poirot se hizo a un lado. Con un rápido movimiento tumbó a su atacante, que cayó al suelo de forma estrepitosa.

—*Messieurs, mesdames* —anunció Poirot, haciendo una reverencia—, ¡les presento al asesino, el señor Alfred Inglethorp!

13

Poirot se explica

—¡Poirot, viejo zorro! ¡Casi me dan ganas de estrangularlo! ¿Qué pretendía al engañarme como lo ha hecho?

Estábamos sentados en la biblioteca, tras unos días de febril excitación. En la habitación de abajo John y Mary estaban juntos de nuevo. Alfred Inglethorp y la señorita Howard habían sido detenidos. Al fin tenía a Poirot para mí solo y podría satisfacer mi curiosidad, todavía candente.

Poirot no me contestó enseguida, pero por fin dijo:

—Yo no lo he engañado, amigo mío. Pero he dejado que se engañase usted mismo.

—Bueno, pero ¿por qué?

—Es difícil de explicar. Usted, amigo mío, es de una naturaleza tan honrada, tan transparente, que..., en fin, ¡le resulta imposible ocultar sus sentimientos! Si le hubiera dicho lo que pensaba, en la primera ocasión en que hubiese visto usted al señor Inglethorp, el astuto caballero se habría percatado de que había gato encerrado, como dicen ustedes. Y entonces, ¡adiós a nuestras posibilidades de atraparlo!

—Creo que tengo más tacto diplomático de lo que usted supone.

—Amigo mío, ¡no se enoje, por favor! Su ayuda me ha sido valiosísima. Lo que me detuvo fue su modo de ser, su noble talante.

—Bueno —refunfuñé más calmado—, pero sigo creyendo que debería haberme insinuado algo.

—Si ya lo hice, amigo mío. Se lo insinué varias veces, pero usted no me entendió. Piense un poco: ¿le he dicho alguna vez que creyera que John Cavendish era culpable? ¿No le dije, por el contrario, que era casi seguro que lo absolverían?

—Sí, pero...

—¿No hablé inmediatamente después de la dificultad de entregar al asesino a la justicia? ¿No estaba claro que hablaba de dos personas distintas?

—No, para mí no estaba claro.

—Además —continuó Poirot—, al principio ¿no le repetí varias veces que no quería que el señor Inglethorp fuera detenido? Esto debería haberle dicho a usted algo.

—¿Quiere decir que ya sospechaba de él entonces?

—Sí. Para empezar, aunque hubiera otras personas que se beneficiaban de la muerte de la señora Inglethorp, ninguna como su marido. Eso era indiscutible. Cuando fui a Styles con usted por primera vez, no sabía cómo se había cometido el crimen, pero por lo que conocía del señor Inglethorp comprendí que sería muy difícil encontrar algo que lo relacionara con él. Cuando llegué a la casa, me di cuenta de que la señora Inglethorp había sido la que había quemado el testamento; y en eso, amigo mío, no puede usted quejarse, porque he hecho todo lo posible por hacerle comprender el significado de aquel fuego en pleno verano.

—Sí, sí —dije impaciente—. Continúe.

—Bien, amigo mío, como le iba diciendo, mi suposición sobre la culpabilidad del señor Inglethorp se fue debilitando. En realidad, había tantas pruebas en contra de él que me sentí inclinado a creer en su inocencia.

—¿Cuándo cambió de opinión?

—Cuando vi que, cuantos más esfuerzos hacía yo para salvarlo, más hacía él para ser arrestado; y cuando descubrí que Inglethorp no tenía nada que ver con la señora Raikes, sino que era John el que tenía relaciones amorosas con ella, tuve la absoluta certeza.

—Pero ¿por qué?

—Muy sencillo. Si hubiera sido Inglethorp el interesado en la señora Raikes, su silencio sería comprensible. Pero cuando descubrí que todo el pueblo sabía que John se sentía atraído por la bonita esposa del granjero, tuve que interpretar su silencio de otro modo. Era estúpido suponer que tenía miedo al escándalo, pues no podía relacionárselo con uno. Su actitud me hizo devanarme los sesos y llegué a la conclusión de que Alfred Inglethorp quería que lo arrestaran. Desde aquel mismo momento, deseé que no fuera arrestado.

—Un segundo. No veo por qué quería ser arrestado.

—Porque, *mon ami*, según la ley de este país, un hombre que ha sido absuelto no puede volver a ser juzgado por el mismo delito. ¡Ajá! ¡Era una idea magnífica! Desde luego, es un hombre de método. Fíjese, sabía que sospecharían de él y concibió la idea, extraordinariamente inteligente, de preparar un montón de pruebas en contra de sí mismo. Quería que se sospechara de él. Quería ser arrestado. Entonces presentaría la coartada perfecta y..., ¡libre para toda la vida!

—Pero todavía no veo cómo consiguió probar su coartada y estar en la farmacia.

Poirot me miró sorprendido.

—¿Es posible? ¡Pobre amigo mío! ¿No sabe usted que fue la señorita Howard la que compró la estricnina en la farmacia?

—¿La señorita Howard?

—¡Pues claro! ¿Quién si no? Para ella fue facilísimo. Es alta y su voz es grave y varonil. Además, recuérdelo, ella e Inglethorp son primos y hay un parecido innegable entre los dos, sobre todo en su modo de andar y en sus movimientos. Era sencillísimo. ¡Son una pareja inteligente!

—Todavía no veo muy claro lo del bromuro.

—*Bon!* Reconstruiré el caso hasta donde me sea posible. Me inclino a pensar que la señorita Howard era la responsable en este asunto. ¿Recuerda usted que mencionó un día que su padre había sido médico? Es posible que le preparara las medicinas o pudo habérsele ocurrido la idea leyendo alguno de los muchos libros que la señorita Cynthia dejaba por todas partes cuando estaba preparando su examen. De cualquier forma, sabía muy bien que, añadiendo bromuro a una mezcla que contuviera estricnina, esta última precipitaría. Con toda probabilidad la idea se le ocurrió de pronto. La señora Inglethorp tenía una caja de polvos de bromuro que tomaba por las noches de vez en cuando. Nada más fácil que disolver una pequeña cantidad de esos polvos en el frasco de la medicina de la señora Inglethorp, cuando la envió la farmacia de Coot. El riesgo era prácticamente nulo. La tragedia no tendría lugar hasta unos quince días más tarde. Si alguien hubiera visto a cualquiera de los dos manipulando la medicina, para entonces lo habrían olvidado. La señorita Howard habría tramado la discusión y abandonado la casa. El tiempo transcurrido y su ausencia hubieran evitado cualquier sospecha. ¡Sí, era una idea muy hábil! Si lo hubieran dejado así, es posible que nunca se les hubiera atribuido el crimen. Pero no se conformaron con eso. Se pasaron de listos y eso los perdió.

Poirot aspiró el humo de su diminuto cigarrillo.

—Prepararon un plan para hacer recaer las sospechas sobre John Cavendish, comprando estricnina en la farmacia del pueblo y firmando en el registro con su letra. El lunes, la señora Inglethorp tomaría la última dosis de su medicina. Por tanto, el lunes, a las seis de la tarde, Alfred Inglethorp se las arreglaría para que varias personas lo vieran en un lugar alejado del pueblo. La señorita Howard inventó una historia fantástica acerca de él y de la señorita Raikes para explicar el silencio que más adelante habría de guardar Inglethorp. A las seis, la señorita Howard, haciéndose pasar por el señor Inglethorp, entra en la farmacia, cuenta la historia del perro, compra la estricnina y firma como Alfred Inglethorp con la letra de John, que había ensayado con todo cuidado. Pero como todo el plan fallaría si John presentaba una coartada, le escribe una nota anónima, siempre copiando su letra, en la que se lo cita en un lugar muy apartado, donde era muy improbable que alguien pudiera verlo. Hasta aquí todo va bien. La señorita Howard vuelve a Middlingham. Alfred Inglethorp regresa a Styles. Nada puede comprometerlo, ya que es la señorita Howard quien tiene la estricnina, que, por otra parte, solo utilizará para hacer recaer las sospechas sobre John Cavendish. La señora Inglethorp no toma la medicina aquella noche. La campanilla estropeada, la ausencia de Cynthia preparada por Inglethorp a través de su esposa, todo en vano. En ese momento es cuando él comete la equivocación. La señora Inglethorp está ausente y su marido se sienta a escribir a su cómplice, a la que supone presa del pánico por el fracaso del plan. Es posible que la señora Inglethorp hubiera regresado antes de lo que él esperaba. Al verse sorprendido, Inglethorp cierra su escritorio con llave. Teme que, si sigue en el dormitorio, tendrá que abrir de nuevo el mueble y entonces la señora Inglethorp podrá ver la carta antes de que él la retire. Así que se marcha a pasear por el bosque, sin sospechar que la señora Inglethorp abrirá el escritorio y descubrirá el documento acusador. Pero, como bien sabemos, esto es lo que ocurrió. La señora Inglethorp lee la carta y se entera de la perfidia de su esposo y de Evelyn Howard, aunque, por desgracia, la frase sobre el bromuro no le dice nada. Sabe que está en peligro, aunque no sabe de dónde procede. Decide no decirle nada a su esposo, pero escribe a su abogado pidiéndole que vaya a verla a la mañana siguiente y también decide destruir el testamento que acaba de redactar. La señora Inglethorp guarda la carta fatal.

—Entonces ¿su marido forzó la cerradura de la caja de documentos para recobrar la carta?

—Sí, y por el riesgo que corrió vemos que se daba perfecta cuenta de su importancia. Exceptuando aquella carta, nada lo relacionaba con el crimen.

—Hay algo que no comprendo: ¿por qué no la destruyó en cuanto la tuvo en su poder?

—Porque no se atrevió a correr el mayor riesgo de todos: conservarla.

—No comprendo.

—Considérelo desde su punto de vista. He descubierto que solo tuvo cinco minutos durante los cuales pudo tomar la carta: los cinco minutos inmediatamente anteriores a nuestra llegada a la escena, porque antes Annie estaba barriendo la escalera y hubiera visto a cualquiera que se dirigiera al ala derecha. ¡Figúrese la escena! Entra en el dormitorio, abriendo la puerta con otra de las llaves, pues todas eran parecidas. Se precipita sobre la caja, que está cerrada, y no encuentra las llaves. Es un golpe terrible para él, porque no puede ocultar su presencia en el dormitorio. Pero comprende que tiene que jugárselo todo con tal de conseguir la maldita prueba. A toda prisa, fuerza la cerradura con un cortaplumas y revuelve en los papeles hasta encontrar el que busca. Pero ahora se presenta un nuevo problema: no se atreve a guardar el papel. Pueden verlo al dejar la habitación, quizá lo registren. Si le encuentran el papel encima, firmará su sentencia. Con toda probabilidad en ese momento oye al señor Wells y a John saliendo del gabinete. Tiene que actuar deprisa. ¿Dónde podría esconder ese terrible papel? El contenido del cesto de los papeles se conserva siempre y, de todos modos, lo examinarán. No hay forma de destruirlo y no se atreve a llevarlo encima. Mira a su alrededor y ve... ¿Qué cree usted que ve?

Moví la cabeza como única respuesta.

—En un momento rompió la carta en tres largas tiras y

las enrolló como si fueran unas mechas, para meterlas en el recipiente colocado en la repisa.

Lancé una exclamación.

—A nadie se le hubiera ocurrido mirar allí —continuó Poirot— y podría haber vuelto, sin prisas, a destruir esta única prueba que existía contra él.

—Entonces ¿estuvo todo el tiempo en el recipiente de las mechas de la habitación de la señora Inglethorp, delante de nuestras narices?

—Sí, amigo mío. Este fue mi «último eslabón», y a usted le debo el afortunado descubrimiento.

—¿A mí?

—Sí. ¿Recuerda que me dijo que mis manos temblaban mientras ordenaba los objetos de la repisa?

—Sí, aunque yo no veo...

—No, pero yo sí vi. Porque me acordé de que aquella misma mañana, más temprano, cuando estuvimos juntos en el dormitorio, había ordenado los objetos de la repisa. Y si lo había hecho, no habría sido necesario ordenarlos otra vez, a no ser que alguien los hubiese tocado.

—¡Válgame Dios! ¡De modo que esa es la explicación de su extraña actitud! ¿Fue usted corriendo a Styles y aún estaban allí, en el mismo sitio?

—Sí, y fue una carrera contra reloj.

—Pero todavía no comprendo cómo Inglethorp fue tan estúpido como para dejar la carta allí, teniendo tantas oportunidades de destruirla.

—¡Ah! Pero es que no pudo. De eso me encargué yo.

—¿Usted?

—Sí. ¿Recuerda que me criticó por haberme confiado a toda la servidumbre a ese respecto?

—Sí.

—Bien, amigo mío, solo había una oportunidad. Entonces yo no estaba seguro de si Inglethorp era el criminal. Pero si lo era no podía llevar el papel encima, sino que lo habría escondido en alguna parte; y, asegurándome la simpatía de la servidumbre, me fue posible prevenir su destrucción. Inglethorp era ya sospechoso y, dando publicidad al asunto, conseguí la ayuda de unos diez detectives aficionados que lo vigilaban sin cesar. Inglethorp, por su parte, sabiéndose observado, no se atrevía a ir a buscar el documento para destruirlo. De este modo, tuvo que abandonar la casa dejando la carta en el recipiente.

—Pero la señorita Howard tendría la oportunidad de ayudarlo.

—Sí, pero ella no sabía de la existencia de la carta. Según su plan inicial, no le dirigía la palabra a Alfred Inglethorp. Se les suponía enemigos irreconciliables. Hasta que se sintieron seguros con la detención de John no se arriesgaron a reunirse. Por supuesto, yo vigilaba al señor Inglethorp esperando que, tarde o temprano, acabara conduciéndome al lugar del escondite. Pero fue demasiado débil para arriesgarse. El papel estaba seguro donde estaba. Como a nadie se le ocurrió mirar allí durante la primera semana, no era probable que lo hicieran después. De no ser por su afortunada observación, quizá nunca hubiéramos podido entregarlo a la justicia.

—Ahora lo entiendo. Pero ¿cuándo empezó a sospechar de la señorita Howard?

—Cuando descubrí que había mentido en la investigación al hablar de la carta que recibió de la señora Inglethorp.

—¿Qué mentira había en ello?

—¿Ha visto usted la carta? ¿La recuerda?

—Sí, más o menos.

—Recordará entonces que la señora Inglethorp tenía una escritura muy característica y que dejaba amplios espacios entre las palabras. Pero, mirando la fecha de la carta, se ve que el «17 de julio» es del todo distinto. ¿Comprende lo que quiero decir?

—No, no comprendo —confesé.

—¿No ve que la carta no fue escrita el 17 de julio, sino el 7, el día siguiente de la marcha de la señorita Howard? El *1* fue escrito delante del 7 para convertirlo en *17*.

—¿Por qué?

—Eso es precisamente lo que yo me pregunto. ¿Por qué la señorita Howard suprime la carta escrita el 7 y muestra esta otra? Porque no quiere enseñar la del 7. Pero ¿por qué? Entonces empecé a sospechar. Recordará que le dije que es conveniente desconfiar de quienes no dicen la verdad.

—¡Sin embargo —exclamé con indignación—, después de eso me dio usted dos razones por las que la señorita Howard no podía haber cometido el crimen!

—Dos razones de peso —replicó Poirot—. Tanto que durante mucho tiempo no pude librarme de ellas, hasta que recordé un hecho muy significativo: que la señorita Howard y Alfred Inglethorp eran primos. Ella no podía haber cometido el crimen por sí sola, pero no había razón que le impidiera ser cómplice. ¡Y, además, aquel odio suyo tan apasionado ocultaba un sentimiento muy diferente! No cabe duda de que los unía un lazo de pasión mucho antes de que él se presentara en Styles. Ya habían organizado el infame complot. Él se casaría con aquella señora rica, pero de poca cabeza, la induciría a hacer un testamento dejándole a él el dinero y alcanzarían sus fines por medio de un asesinato planeado con gran habilidad. Si todo hubiera salido como suponían, casi con toda seguridad a estas horas habrían dejado Inglaterra y vivirían juntos con el dinero de su pobre víctima. Son una pareja muy astuta y sin escrúpulos. Mientras las sospechas se dirigían hacia él, ella pudo hacer con tranquilidad toda clase de preparativos para *un dénouement* completamente diferente. Llega de Middlingham con todas las pruebas comprometedoras en su poder. Nadie sospecha de ella. Nadie se fija en sus idas y venidas por la casa. Esconde la estricnina y los lentes en la habitación de John. Guarda la barba en el desván. Ya se encargará ella de que, más tarde o más temprano, sean descubiertos.

—No comprendo por qué trataron de hacer recaer la culpa sobre John. Hubiera sido mucho más fácil atribuir el crimen a Lawrence.

—Sí, pero eso fue pura casualidad. Todas las pruebas contra Lawrence surgieron de forma accidental. En realidad, esto debe de haber molestado bastante a los dos cómplices.

—Lawrence tuvo suerte.

—Sí. Y supongo que entenderá por qué se hizo.

—No.

—¿No advirtió usted que él creía que la señorita Cynthia era culpable del crimen?

—¡No! —exclamé atónito—. ¡Imposible!

—En absoluto. Yo también tuve la misma idea. La tenía en la cabeza cuando le hice al señor Wells aquella pregunta sobre el testamento. Estaban, además, los polvos de bromuro que ella había preparado y lo bien que interpretaba los papeles masculinos, según nos contó Dorcas. Sin duda, era la que estaba en una situación más comprometida.

—¡Poirot, usted bromea!

—No. ¿Quiere que le diga por qué el señor Lawrence se puso tan pálido cuando entró por primera vez en la habitación de su madre la noche fatal? Porque mientras su madre yacía en la cama envenenada vio por encima de su hombro que la puerta de la habitación de Cynthia tenía el cerrojo descorrido.

—Pero ¡si declaró que estaba cerrado!

—Exacto —dijo Poirot risueño—. Eso confirmó mi idea de que estaba descorrido. Estaba protegiendo a la señorita Cynthia.

—¿Por qué tenía que protegerla?

—Porque está enamorado de ella.

Me reí.

—¡En eso sí que está usted equivocado, Poirot! He tenido ocasión de enterarme de que no solo no está enamorado de ella, sino que hasta le tiene antipatía.

—¿Quién le ha dicho a usted eso, *mon ami*?

—La propia Cynthia.

—*La pauvre petite!* ¿Estaba preocupada?

—Dijo que no le importaba.

—Entonces, es evidente que le importaba mucho —observó Poirot—. ¡Ellas son así... *les femmes*!

—Me sorprende lo que dice usted de Lawrence.

—¿Por qué? Está clarísimo. ¿No ponía el señor Lawrence cara de pocos amigos cada vez que Cynthia hablaba y se reía con su hermano? Se le había metido en la cabeza la idea de que la señorita Cynthia estaba enamorada de John. Cuando entró en la habitación de su madre y la vio en aquel estado, supuso que la señorita Cynthia sabía algo de aquel asunto. Desesperado, trituró la taza de café con el pie, recordando que ella había subido con su madre la noche anterior, y decidió evitar que el contenido de la taza pudiera analizarse. Desde entonces, se esforzó en sostener la teoría de la «muerte natural», inútilmente, como sabemos.

—¿Qué me dice de la séptima taza de café perdida?

—Estaba bastante seguro de que la había escondido la señora Cavendish, pero necesitaba saberlo con certeza. El señor Lawrence no supo lo que yo quería decir, aunque dedujo que, si encontraba la taza perdida, su amada quedaría libre de sospechas. Tenía razón.

—Otra cosa. ¿Qué quiso decir la señora Inglethorp con sus últimas palabras?

—Eran, desde luego, una acusación contra su marido.

—¡Vaya, Poirot, creo que lo ha explicado usted todo! —dije con un suspiro—. Me alegro de que todo haya terminado bien. Hasta John y su mujer se han reconciliado.

—Gracias a mí.

—¿Cómo que gracias a usted?

—Querido amigo, ¿se da usted cuenta de que lo único que los ha reunido de nuevo ha sido el proceso? Estaba convencido de que John Cavendish seguía queriendo a su mujer y que ella también estaba enamorada de él. Pero se habían distanciado mucho. Todo era fruto de un malentendido. Ella se casó con él sin quererlo y él lo sabía. John es un hombre sensible; no pretendió imponerle su amor si ella no lo deseaba. Pero, al retirarse él, se despertó el amor de su esposa. No obstante, los dos son muy orgullosos y eso fue lo que los mantuvo separados. Él se lio con la señora Raikes y ella cultivó por su parte la amistad del doctor Bauerstein. ¿Recuerda que el día que detuvieron a John Cavendish me encontró meditando sobre una gran decisión?

—Sí, y comprendí muy bien su angustia.

—Perdón, *mon ami*, pero no entendió usted nada. Dudaba entre justificar o no a John Cavendish. Pude evitar que lo detuvieran, aunque es probable que eso hubiera significado la imposibilidad de atrapar a los verdaderos culpables. Hasta el último momento, los asesinos no tuvieron la menor idea de mis intenciones, y a ello debo parte de mi éxito.

—¿Así que pudo evitar el proceso de John?

—Sí, amigo mío. Pero por último me decidí por «la felicidad de una mujer». Solo el considerable peligro por el que pasaron consiguió reunir de nuevo a esas dos almas tan orgullosas.

Me quedé mirando a Poirot mudo de asombro. ¡Qué maravilloso era el funcionamiento de la cabeza de aquel hombrecillo! ¿Quién, sino Poirot, hubiera utilizado un proceso por asesinato para salvar la felicidad de un matrimonio?

—Puedo leer sus pensamientos, *mon ami* —dijo Poirot, sonriéndome—. ¡Solo Hércules Poirot se hubiera atrevido!

Y hace usted mal en condenar mi actitud. La felicidad de un hombre y una mujer es lo más importante del mundo.

Sus palabras me hicieron recordar acontecimientos pasados. Pensé en Mary, echada en el sofá, pálida, agotada y escuchando, escuchando. Desde el piso de abajo había llegado el sonido de una campana. Mary se había levantado de un salto. Poirot había abierto la puerta y contestado a la pregunta de sus ojos agonizantes: «Sí, señora —afirmó—, se lo devuelvo». Se había apartado a un lado y yo, saliendo de la habitación, vi el gesto de Mary cuando su marido la estrechaba entre sus brazos.

—Puede que tenga razón. Sí, es lo más importante del mundo.

Al poco rato llamaron a la puerta y Cynthia asomó la cabeza.

—Yo... yo solo...

—Pase —ofrecí, levantándome de un salto.

Entró, pero no quiso sentarse.

—Yo... yo solo quería decirles una cosa.

—¿El qué?

Cynthia, nerviosa, jugó durante unos segundos con una borla que adornaba su vestido y exclamó súbitamente: «¡Cuánto los quiero!». Entonces me besó a mí primero, después a Poirot, y corrió fuera de la habitación.

—¿Qué significa todo esto? —pregunté sorprendido.

Era muy agradable ser besado por Cynthia, pero la falta de intimidad estropeaba un poco el placer del beso.

—Significa que ha descubierto que el señor Lawrence no es tan desagradable como pensaba —replicó Poirot.

—Pero...

—Aquí llega él.

Lawrence pasaba entonces por delante de la puerta.

—¡Eh, señor Lawrence! —llamó Poirot—. Tenemos que darle la enhorabuena, ¿no es así?

Lawrence enrojeció y sonrió con torpeza. Un hombre

enamorado es un espectáculo lamentable. Cynthia, en cambio, había estado encantadora.

Suspiré.

—¿Qué pasa, *mon ami*?

—Nada —dije con tristeza—. ¡Son dos mujeres encantadoras!

—Y ninguna de las dos es para usted, ¿no? —concluyó Poirot—. No importa. Consuélese, amigo mío. Quién sabe..., puede que volvamos a trabajar juntos, y entonces...